清末民初文獻叢刊

澗于日記

（第一册）

［清］張佩綸 撰

朝華出版社
BLOSSOM PRESS

圖書在版編目（CIP）數據

潤于日記 ： 全5册 / （清） 張佩綸撰. -- 北京 ： 朝華出版社， 2018. 6

（清末民初文獻叢刊）

ISBN 978-7-5054-4251-1

Ⅰ. ①澗… Ⅱ. ①張… Ⅲ. ①日記－作品集－中國－清代 Ⅳ. ①I264. 9

中國版本圖書館CIP數據核字(2018)第074649號

澗于日記（全五册）

作　　者　［清］張佩綸

選題策劃　楊麗麗　尚論聰
責任編輯　胡　泊
特約編輯　秦錦霞
責任印制　張文東　陸競嬴
封面設計　劉敬偉

出版發行　朝華出版社
社　　址　北京市西城區百萬莊大街24號　　郵政編碼　100037
訂購電話　（010）68996618　68996050
傳　　真　（010）88415258（發行部）
聯系版權　j-yn@163.com
網　　址　http://zhcb.cipg.org.cn
印　　刷　藝堂印刷（天津）有限公司
經　　銷　全國新華書店
開　　本　880mm×1230mm　1/32　　字　　數　506千字
印　　張　79
版　　次　2018年6月第1版　2018年6月第1次印刷
裝　　别　精
書　　號　ISBN 978-7-5054-4251-1
定　　價　590.00元（全五册）

出版前言

中國自一八四〇年鴉片戰爭以來，傳統的農業文明在西方的堅船利炮轟擊之下徹底被顛覆，有擔當的知識分子苦苦追尋，思索社會改革的途徑。從最初的『師夷長技以制夷』到『民主制度，天下之公理』（梁啓超語），他們發現要『强國富民』，首先要『開啓民智』，衹有民衆擁有了獨立思想和批判精神，國家纔能實現真正的强大。在此後一百年的時間裏（一八四〇—一九四九），思想者們從社會變革深入到國民性的改造，用每一部作品見證着中國近代化的遞變歷程。這是一個極其重要的時代，《清末民初文獻叢刊》正是收録了這一時期的作品，大部分書籍都是早期版本，有着極高的文獻研究價值。

清末的中國經歷了『三千年來未有之大變局』（李鴻章語），大清王朝面對西方列强的艦炮，表現得驚慌失措。尤其是鴉片戰爭，使『天朝帝國萬世長存的迷信受到了致命的打擊，野蠻的、閉關自守的、與文明世界隔絶的狀態被打破了』（《馬克思恩格斯選集》）。一批士大夫知識分子，尤其是在歐美諸國擔任使臣或者游歷的知識分子最先覺醒，着眼于對西方國家的考察，進而反省本國政治制度的劣勢，可以視作『啓蒙』的端倪。如曾擔任駐英公使（兼任駐法公使）的郭嵩燾在《使西紀程》中以日記的形式記録了自己對歐西諸國的觀感，他在考察了英國的政治制度之後，發現英國政府官員收入超過三百磅者與普通老百姓一樣同等納税，他說：『此法誠善，然非民主之國，則勢有所不行。西洋所以享國長久，君民兼主國政故也。』他明確提出了『民主』，在國家的管理問題上，人民也有參與的權利。他在該書中所披露的西方政治、經濟、文化等領域優于大清帝國這一事實觸動了保守派的神經，立刻遭到保守派群起而攻之，進士何金壽彈劾他『有二心于英國，欲中國臣事之』，他家鄉湖南的民衆對他更是痛加詆毀，以至于滿城揭帖，誣蔑他『溝通洋人』，在這種群情洶洶的情況下，朝廷最後下旨將《使西紀程》毀版，從而使該書成了禁書。然而，書雖被毀版，却不能堵死民衆的傳播與閱讀的途徑，上海的《萬國公報》依舊連載該書，張佩綸曾說：『朝廷禁其書，而新聞紙接續刊刻，中外傳播如故也。』從某種意義上來說，啓蒙是時代的需要，盡管清政府發諭旨禁了該書，民衆乃至一些朝廷大員却依舊在私下閱讀，以便瞭解外部的世界。進步的社會是開放性的，任何企圖『閉關鎖國』的努力都意味着歷史的倒退，衹有開放，與整個世界文明保持同等的步伐，纔能實現真正的强國之夢。當大批知識分子走出閉鎖的國門，親歷了文明的洗禮之後，也就把啓蒙的智識帶回了中華大地。容閎的《西學東漸記》，梁啓超的《新大陸游記》，崔國因的《出使美日秘日記》等一大批作品介紹了海外諸國的政治、經濟、軍事、外交、文化。雖然這些作品在認識上仍然帶有時代的局限性，然而却是那時最爲珍貴的聲音。

另一方面，在學術上，中國文化母體內『經世致用』思想與資產階級思想相結合，也喚起了變革，以康有爲、梁啓超爲首的改良派試圖通過自上而下的革新以實現變革。康有爲的《新學僞經考》《孔子改制考》就是借經學之表論資產階級學說之裏的著作，康有爲的弟子梁啓超更是通過《新民說》一書提出國民性改造。與早期啓蒙者『師夷長技』的器物文明引進不同，梁啓超上升到形而上的精神領域，從文化心理上更加徹底地進行變革。梁氏是清朝末年到民國初年一個橋梁式的人物，被譽爲『輿論之驕子，天縱之文豪』，其影響力不但在學術領域，同時還在文學領域，他所倡導的『詩界革命』得到了譚嗣同、黄遵憲、丘逢甲等人的響應，黄遵憲的《日本雜事詩》，丘逢甲的《嶺雲海日樓詩鈔》都體現了這種主張。這一主張要求反映新的時代和新的思想，用『我手寫我口』（黄遵憲語）的方式直抒胸臆，對長期占詩壇主流的擬古主義、形式主義産生了巨大的衝擊，解放了寫作者的心靈和頭腦。

與社會變革同步的是早期對西方思想著作的翻譯，這裏面影響最大的是嚴復，他翻譯的《天演論》《社會通詮》等書直接孕育了民國一代的知識階層。魯迅、胡適等人在文章中都曾提到《天演論》對他們思想所産生的震撼。與嚴復略有不同的另一位翻譯家是林紓，他的譯作雖然參差不齊，但却在更細膩的心靈層次對讀者産生影響，許壽裳曾回憶，他和魯迅都熱衷于林譯的小説，如《巴黎茶花女遺事》《黑奴籲天録》《迦茵小傳》等作品。

辛亥革命之後，進步社會思潮成爲主流，比之清末思想啓蒙者『求存』的追求，民國以來的知識階層深入到了更加細微的肌理，一方面呼唤社會變革，另一方面進行點滴的建設，革命并不能使所有的一切一蹴而就，在更加深廣的領域，事物的改變是由微觀而宏觀。通俗地説，比之于革命，建設的意義更大。如《中國商業史》《中國教育史》《中國倫理學史》《中國哲學史大綱》《中國小説史略》等一大批作品都是進行系統的梳理與建設的理論作品。其中，以胡適和魯迅二人的影響最大，他們的作品一紙風靡，從而成爲新文化運動的主力人物。

《清末民初文獻叢刊》收録的文獻大致上可以分爲三個階段，其中龔自珍、張之洞、魏源、郭嵩燾、薛福成等人的作品可視爲『早期啓蒙』，康有爲、梁啓超、黄遵憲、嚴復、林紓等人的作品可視爲『中期啓蒙』，胡適、魯迅、蔡元培等人的作品可視爲『晚期啓蒙』。當然，這種劃分并非嚴格意義上的，大部分啓蒙思想者隨着時代的變化，其思想在不斷進步。縱觀整個近現代史，可以發現，要求變革不是在某一個領域，由某一類人發起和完成的，而是全社會的要求。

變革，已經成爲全社會的共識。

從清末民初的文獻中，我們能够發現一種豐富性。這些作品涉及政治、經濟、軍事、教育、外交、宗教、心理、情感等方方面面，從内而外地净化着中國兩千年以來的封建積習。它不衹是對社會的改造，更是對人心靈的重塑；它首重國家社會之建設，同時亦重靈魂心智之喚醒；它是宏大的，也是微觀的；它是嚴肅莊重的，也是活潑靈動的；這些作品結構精巧，思想內容深刻，擁有濃厚的人文主義色彩，對推動社會主義建設，實現中國夢有重大意義，是近現代中國一百年來最宏富的智識與情感的寶藏。因此，整理這些文獻作品，無論是出于資料保存的目的，還是爲圖書館提供資料副本，都有不可估量的意義。

特定時代下的文獻，當它一旦形成（既指草擬，創作的完成，也指其成爲一個載體），就不可再複製了，也就意味着它將面對消亡。對于文獻資料而言，越接近歷史事件發生的時代記録，越具有研究價值。文獻本身具有不可再生性，它衹會消亡，而不會增多。盡管文獻本身的文字可以保留下來，并進行傳播，却失去了當時的時代氣息。當時的作品可能在技巧上，文字的成熟度上不及當代，但它所負載的信息，創作者的情感都反映了當時的歷史，也就是説，它具有不可替代的歷史意義。

影印的版本有三個特點，第一是擁有文獻的『原始性』；第二個特點是『未經改動的』；第三個特點是『歷史的原貌』。所謂『原始性』，也就是説，它是第一手資料，而非轉述的，回憶形成的；『未經改動的』，是指未被篡改、删節、挖補的；『歷史的原貌』是指在影印製作過程中，完全依照文獻的原來模樣……這樣製作出版的作品，無异延續了文獻的壽命。

近現代思想史上的一個最重大的思潮就是『開放』，從林則徐的『開眼看世界』到蔡元培的『兼容并包』，都是在倡導一種開放式的胸襟。而《清末民初文獻叢刊》最有魅力的部分就是『開放』這一主題，祇有融入到世界文明發展的進程中，中華文明纔能歷久彌新。

《清末民初文獻叢刊》編委會

二〇一七年四月十四日

凡例

一、《清末民初文獻叢刊》（以下簡稱『叢刊』）爲影印本，舉凡所用之底本，均爲該書之早期版本。有清末刊本，亦有民國印本。

二、《叢刊》均依底本影印，未予删改，僅代表作者個人觀點，不代表官方立場；原刊本有誤，不予校改，以保留文獻之原貌。

三、《叢刊》所用之底本，因時日久遠存在漫漶的情況，均進行了修復；底本闕文、印刷不清，均保留原貌。

四、爲讀者閲讀之便，《叢刊》中之舊底本目録未標記頁碼者，編了目次；原底本有頁碼和目録，未予重複編目。

五、爲保持文獻的原始風貌，影印本保留了原書書影（原書爲多册，則保留第一册書影）、扉頁等信息。所用底本無相應信息者，則不予妄添，以免錯訛。

目録

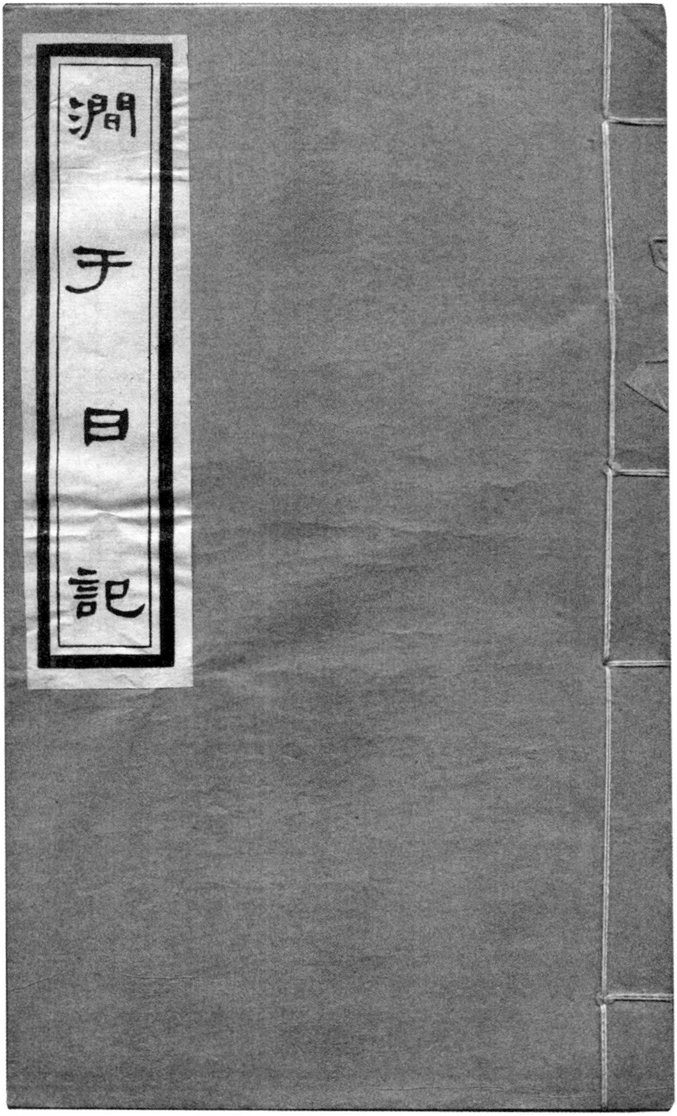
澗于日記

簣學日記

子曰譬如為山未成一簣止吾止也譬如平地雖覆一簣進吾往也主人以簣名學蓋取此意

十月初一日晴

晨起洪文卿過訪話西山華陽洞之勝蓋吾輩屐齒未經者茗笙少宗伯至新得湘陰書賻主盦二百金齎千林侍御拱樞來皞民寶孚鍾至余往答清卿不值過孝達前輩略話之廠肆得田端肅文鏡撫豫宣化錄那恪勤蘇圖畿輔義倉圖二書夜伯潛前輩來談校文文忠祥傳

初二日雨夜大風

復趙菁衫司馬書午後之趙氏塋

初三日晴有風

安圃為甥女作伐定顧氏聘午後延汝冀定生母

方鮮星恒來夜作洪修撰母潘太恭人七十壽文

一首竟讀王文勤奏議五卷

初四日晴

早過伯潛前輩實孚汝翼均少譚即返午後柳門

司成介軒同來是日邸抄傅壽彤降調

初五日晴

林詩師來旁晚伯潛前輩至飯後孝達來語二君

去巳月午芙許南臺應鑅由贛南道擢豫臬

初六日晴

文卿來午後之趙氏坐夜以義倉圖勘營田水利圖說閱豐潤縣一頁已多疏脫營田圖與說地名尤互歧異不甚豁目

初七日晴

午後答廖氏最仲梧仲山之長椿寺弔劉雅賓同年繼室朱孺人謝黃觀實林心北詢未晤夜讀通鑑一卷校王文勤奏議竟文勤宦京朝時與倭文端呂文節曾文正相友善世所稱四君子者也以

忤穆相意積資久不遷丁未大考受知

慕陵由編修擢學士咸豐朝署大京兆貳農部以勁直懾權貴以綜核察畺臣出秉節鉞歷秦晉蜀三省均有治績同治初再起未入都而卒海內惜之余擇其言之可法者著於讀書記中

初八日晴

晨過伯潛可莊旭莊午後返院吏送俸米票來眂偕安圃過孝達同造柳門以清卿還居兵馬司中街也与楊鶴峰顧暻氏李玉舟同酌

初九日晴

閱營田圖說用義寧圖證之夜大風

初十日晴

四鼓赴侍慈甯門班賀

萬壽節退過子騰前輩介軒同年飯余樂山許樂山特還居什錦花園謁常師母歸沚翼伯潛在坐与伯潛夜譚

介軒頗致箴言謂余自未盦殁後出言多諧謔宴識之是日在車中甚不樂念未盦也未盦五月將歸贈一字与余曰木居謂余須做到木字方好孝達于山中頗賞斯言以為真砭到余病根余自問

病實在褊在急在弇陋在懶惰在無恆在不能專然友人譽余者則曰通敏曰高明即其譏我者亦曰好事曰多誑語譽者非余志也譏者則均是從不能不來擬作本字說以識吾友責意

十一日陰晚微雨

今日未能課一事暮再同來伯潛繼至夜二鼓始去再同言予壽先生為蓮池師命士子日有記錄積久成帙佳者選刻之此可為讀書程範

十二日晴

早過潛史午後之趙氏塋夜潛史可莊旭莊昆仲

來話安圃時過憲臺客將散始歸

十三日大風

午後賀吳清卿前輩太夫人歲生香濤來譚夜同孝達緝廷鶴巢康民集清卿室中柳門出史晨碑精拓見示論近日人材清卿以無材爲慨孝達安圃以爲人材抑塞寔是孝達安圃說

十四日晴

入城弔寶東山師珣午刻與鄧蓮裳李濟卿樓子通樊介軒張曉蕃趙儀宣酒樓小敘邊門弟子也介軒同車至廠肆別得畿輔七家詩選七家者文

安紀𦡊菴吳中山郝復陽浴銉鹿楊猶龍思聖承
羊中冕題涵光雄山王茨菴圻清苑郭佚圃棻任
以龐雪岩塏茨菴子中丞公合請選築者夜孝達
招飲蹔過伯潛至孝達學巳月上矣同集者汪柳
門吳清卿顧曝民及余林姪曾居表後至觀清卿
所藏薛氏鍾鼎款識拓本凡廿六段卅五葉
十五日晴
十四日有
諭飭廷臣恭録之
諭曰上年十一月間曾經降旨諭令各部院堂官進

署不得後時為司員率近來召見各部院堂官屢經
詢問每以逐日到署奏對乃詳加訪察仍復因循或
數日進署一次或到僅止片刻虛應故事漫不經心
遇有應辦稿件輒令司員奔走私宅或在朝房呈畫
儀頃之際豈能詳細講求該堂官等皆受國厚恩洊
陟崇階理宜激發天良力圖報稱乃竟怠惰自甘不
知振作朝廷訓諭視為具文以致公事仍多積壓
實未能盡除玩愒成風殊堪痛恨嗣後各部院堂官
務當懍遵節次諭旨破除積習奮勉從公常川進署
將應辦事至互相商榷期于措置咸宜庶無負朝廷

勤求治理諮諏謠之至意

讀史一卷

十六日晴夜雪

晨起訪伯潛可莊剛侯略談午後之趙氏壻夜趙

笙陔張孝達来談

十七日晴

詩孫来談夜伯潛可莊旭莊招同觀寳詩孫酒樓

小酌取醉而返復過潛公處品茗洱茶甚清乃李

君雨農贈可莊者

十八日晴

得容舫書是日訪汪翼伯潛作閒譚遣悶甚念圭
盦也
十九日晴
夜校水利營田圖說孝達前輩來語
二十日晴
得四兄書即作復箋寄清湖
二十一日晴
過伯潛少語夜柳門伯潛兩前輩詩孫舍人均來
八弟將行飲酒甚悶
二十二日晴

八弟之浙江，弟來都求官不得，甚鬱鬱，送之悵然。許武笑人哉。過伯潛，歸飯，至香濤寓略譚。假郋亭乾隆府廳州縣圖志來，夜校營田圖說。

二十三日 晴

郋亭邀過譚，蔚濤丈在坐，旋去，遂與郋亭、安圃入廠肆購書，過潘。

畿輔水利四案一書，較吳先生邦慶叢書尤詳。

二十四日 晴

吳贊誠病免，裕寬擢閩撫，成孚擢豫藩，德馨調豫臬，許應鑅調蘇臬，金國琛補粵臬，夏獻馨授粵糧道。

二十五日 晴

入城吊全相家婦喪過樂山介軒略語即返作

水利營田私議一首呈伯潛

二十六日 晴 大風

過趙氏塋傍晚訪伯潛可莊昆季聞伯潛言林方

伯穎林能治河惜不見用因縱論及直隸吏材聞

王樸臣炳燮甚識篤勞玉初西宣剛正愛民相可

任孝達前輩至乃歸詢讀書之法談至夜分始散

二十七日 晴

過香濤略語漱蘭來談

二十八日晴

夜過潛史話遇再同

二十九日晴半陰

劉琳山祠祭先生諱日也主事者介香濤邀余姊姪入會與祭勉應之忠孝之精氣充塞宇宙原不獨鄉人當祭獨念夫祭之者之以忠孝為本也過再同若笙略話歸

十一月初一日晴

初二日晴

鄧蓮裳同年邀食魚膾柳門寅臣來

初三日晴
緝廷伯潛何莊來往弔恂予內艱
初四日晴
出門過柳門香濤語
初五日晴
夜清卿來語自津沽歸將引見矣
初六日晴
到趙氏壁是日財盛館再奠葉母
初七日大風
伯潛來語傍晚香濤來安圖至清卿處柳門置酒

來招不果往安國入夜始返

初八日晴

清卿來招應之星客鏐叔濤先生席間与汪吳

同詣香濤來得雅譚匆匆而別

初九日晴

夜延潛史來語以所作合肥太夫人壽序請正

初十日晴

訪湘翼寶手談午後潛史暨二莊來潛史獨留

夜話論文甚有理致

十一日晴大風

詩孫來話与安圃論篆書終日校地里志
十二日晴
十三日晴
十四日晴
同鄉公餞丁康訪並延張中丞香濤約同去勉赴
松筠庵坐客譚笑甚鄙
十五日晴
十六日晴
十七日晴
吳清卿自津歸送部引見是日

召對便殿

十八日晴

議葉圭盦詩伯潛謂當手寫一冊古誼可感可佩

江蘇學政林天齡卒于松江賢子開棻舉人

命毓慶宮授讀侍郎夏同善視學江蘇

吳大澂以道員發山西交曾國荃委用

十九日晴

二十日晴

二十一日晴

二十二日晴

名見截取道給事中張觀準截取府御史孔憲穀

二十三日晴

二十四日晴

諭旨申飭畺臣偏袒同鄉護庇年世交誼將弁虛报名糧冒銷軍火樞臣勿避嫌怨部院大臣方戒因循仰見

聖人求治之切一二具臣其知媿悚否耶

二十五日晴

入城祝常師母壽飯後始散阜師因病請開缺聞明日疏陳矣

二十六日晴
宰師以病免
二十七日雪
合肥以潘霨之母稍振請顧不允
二十八日晴
二十九日晴
三十日晴
十二月初一日晴
初二日晴
廖氏昆仲召同清卿香濤鐵生諸前輩卯橋底于小

集廣和居散後香濤清卿過我少談

初三日晴

初四日晴

初五日晴

讀香濤前輩樊口議

初六日晴

初七日晴

御史孔憲瑴以樊口建閘築隄有關農田水利請派大員覆勘不允附劾方武昌大湜命潘霨查辦

初八日晴

初九日晴

初十日晴

十一日晴

十二日晴

安圃為友人招飲密繕疏懷之有客至縱談達夜分始去初不知余將待漏也二更後驅車入朝論大臣子弟不宜破格保薦

十三日晴

上諭翰林院侍講張佩綸奏大臣子弟不宜破格保薦一摺據稱四川候補道寶森係大學士寶鋆之

革特僧保薦恐以虛譽邀恩刑部郎中翁曾桂係都察院左都御史翁同龢之兄子並非正途出身不由揀調坐辦而京察列入一等恐為奔競營緣口實等語所陳絕無瞻顧尚屬敢言丁寶楨特薦寶森著有何項實蹟著該督據實奏聞毋稍迴護所稱寶森前官直隸並無才能一節並著李鴻章查明寶森在直隸時官聲政績究竟如何詳細具奏刑部郎中翁曾桂平日差使若何此次京察因何列入一等著該部堂官據實覆奏至司員不由正途出身京察保送一等是否與例相符並著吏

部查明具奏欽此

何廷謙病免祁世長銜 命督學直隸 午睡醒出

問過殘莽晚來客筆古歛長譚

十四日晴

何鉄生張子騰過談

十五日晴

孝達邀飯以余疏太辣亦頗称其膽

十六日晴奉 旨傳捎

十七日晴

十八日晴

上諭吏部遵查捐納人員東察保送一等曾于壽慶
年間欽奉諭旨載在例文惟應分別年資統計歷
俸試俸並無不准保送之條刑部奏郎中翁曾桂
在部行走十餘年才具優長實堪一等向無不由
揀調坐辦不列一等各一摺翁曾桂既據該部奏
請列入一等並無不合張佩綸所奏著毋庸議
赴展注書改送內閣子騰並歐聞請鄉授河北道
歸睡
十九日晴連日頗有春意
御史樓譽普疏劾抽查漕糧御史英震營私舞弊

命倉場侍郎查辦

二十日晴

二十一日晴

得吳子備書王慶來詢悉子儁眷愛清恩太夫人

甚憐惜之也

二十二日晴

二十三日晴

夜過檇雪侍御略談

二十四日晴

邀同人小酌以豁煩悶

二十五日 晴

鶴巢招同清卿暐民蔣迪甫户部小酌義勝酒樓

二十六日 晴

寄南中書

二十七日 晴

夜伯潛前輩招同孝達可莊旭莊及余妹婿同酌

可莊以林夫人（沈幼丹制軍婦 林文忠女也）所書聯分贈坐客

蓋文勤出使時沈幼丹所作而夫人代幼丹操管

也四坐贊歎以為勝幼丹書 信筏

二十八日 晴

是日寶竹坡學士有封事淂
旨嘉納以寶鋆榮祿差務較繁寶鋆開國史館總裁
開兵大臣榮祿開工部尚書總管內務府大臣全
慶調工部文煜調刑部崇厚擢總憲未到任以志
和署理入城辭歲夜同人小集
二十九日雪
同安圖過孝達前鹿脯下酒得高麗使者書名趙同熙
宰東石官內翰直殿薄莫歸

簣齋日記

己卯正月朔日　晴

三鼓入　內　辰初與桂杏村少詹慶雲橋學士張子騰侍讀侍應甯門班　禮成辰正二刻百官於太和殿下行朝賀禮　出城為諸知己賀歲　何鐵生張孝達　王可莊　旭莊　陳伯潛前輩　旋至

初二日　晴

初三日　晴

孝達招同伯潛前輩可莊同年再同編修安圃舍姪同游慈仁寺老松殘雪殊有閑趣　晚飲於

廣雅堂伯潛以宴客歸至巳席散矣

初四日 晴

夜孝達來語

初五日 晴

入城荅客過琳清師中刻柳門邀飲

初六日 晴

安圃初四日小病至今未愈過潛公小飲

初七日 晴微陰有雪意

過孝達略談致吳子儁書

黎撫部以賀長齡遺愛在民請開復原官予謚

立傳建祠得旨令其冒昧並偏袒同鄉不允所請
仍交部議處近年請謚過濫澤此足挽狂瀾論者
或謂賀公賢者黎亦邊材惜不知賀之賢不在
官之復不復黎識才此舉實得為公爭吾以為
聖人嚴明治家也
初八日晴
喜都護昌來辭行詢及吉林情形言有瓦里霍
屯地可耕有黑金人患而强宜致之而授敵誌
之蒼翁邀話聞柳門相潛過拔始返夜詣孝達
初九日晴

鍾編修德祥過訪談臺灣事甚詳沈幼丹六議丁雨生鍾嘗客張總兵其光幕丁保之辦臺灣事務廣西人丙子翰林廣西余惟識曹謹堂極篤厚鍾云亦識謹堂他日當詢其人品何如也過可莊兄弟祝其太夫人生日金輔臣同年處

初十日晴

香濤過談于次堂前輩繼至勸勉甚殷質直可重伯潛來談未刻香濤招同清卿柳門文卿伯潛諸前輩張吉人武部優顧皞民觀察小飲安圃以疾未往

十一日晴

相潛過諮繆小山編修見過石荃孫江蘇人香濤門下能鑒別金石校勘經史特髦也

十二日晴

偕孝達游廠肆

十三日晴

偕孝達健庵游廠肆夜飲于孝達寓中清卿亦至

十四日晴

約孝達清卿柳門同之廠肆

十五日晴

通唁譚氏初一生于十四妻亡于先期殤代為托腕相湝未設夜深始去

十六日晴

同孝達游廠肆

十七日晴

奎樂山觀察過談

十八日晴

予涵令妹加笄約陪冰人曰鍾雨辰曰樓子通夜

香濤招往張吉人處看蜀石經殘本周礼左傳穀梁傳

吴汪二前輩在坐

以英震一案迄今未復飭倉部迅即具奏

十九日晴

過詩孫得吳子儁春屬消息之伯潛處子恆丈

文右體偏重自昨日至今方略見效也

二十日晴

葛生來夜香濤過語廖仲山授河南學政

二十一日晴

過伯潛詢子恆丈疾夜詣孝達

二十二日晴

江西按察使國英開缺入城看容

二十三日晴

孝達前輩過話夜漱蘭前輩招同李苾園許仙屏吳清卿汪柳門張香濤諸前輩小集宴賓齋是日聞潘伯寅調戶部左侍郎知察典頗有除汰未得其詳校友人假得李雨蒼都護論西域文三首讀之

二十四日晴

伯潛招同清卿孝達柳門文卿潤生可莊飲讀邸抄知樞臣開復處分左李沈優敘侍郎以戶部改禮部仍直上學侍郎惠泉德椿閣學載慶均原品休致自同治初元後察典有甄無

別至是觀聽爲之一悚當戊寅求言詔下予僑
疏陳十事曾及密典留中不報嚴莫竹坡學士
聞亦論此殆
天心早定之臣之議偶契宸衷也
二十五日晴
張兆棟以憂去裕寬調廣東李明墀擢閩撫黎
培敬以前業降三級調用以張樹声代之
二十六日晴
清卿文卿柳門伯潛孝達及張楙憲武讌岂中
不飲

桑伯儕師開缺三品以下京堂察典休致太醫二人

二十七日 晴

林憲招飲潘祖蔭擢總憲翁同龢升刑部尚書王文韶調戶部祁世長擢礼部

二十八日 晴

柳門來語夜過孝達

二十九日 晴早雪

早趣過郭康翁孝達來与柳翁晤談過伯潛与仲獻談

三十日晴有風

飯後答客夜琛民安圖集請卿笙小飲文卿奎旋

去入夜二鼓許香濤就談

二月初一日晴風甚大

輔臣召飲客伯潛及趙鉄山於部借楞嚴經閱

之是日王之翰因昨日召見不稱旨開署禮部

侍郎鉄以許庚身署理

初二日晴

子涵令妹受王氏聘邀余陪媒

初三日晴

至朱霽賀喜【子涵妹嫁王夔石世兄慶楨】

初四日晴

初五日晴

昨日偕睪民於廣惠寺晤知李蘭蓀師見招清晨赴之論會館事過朱宅偕新郎緝庭過我少話文卿邀清卿緝庭孝達伯潛張楙憲汪柳門小集

初六日晴

晚孝達招同人集竺中廿啟

初七日晴

同鄉集議松筠庵到者沈李進【祐瀛】郭【長清】桑【彬】及孝

達与余年桂侍郎清卒

初八日晴

送清卿賀何鐵生娶婦

初九日晴

伯潛寫書詩吉成孝達來話

初十日晴

何鐵生前輩招飲赴之王宅會親答文林千前

輩黃侍御請復河運殊謬

十一日晴

段鼎燿以冒銷振銀四千兩曾闇請斬監候

特旨正法庫恭官司業汪鳴鑾也
大哉聖人哉一貪吏足以儆動百寮彼姑息者第恐
一家哭耳
十二日晴
適孝達略語知東鄉案已奏入鄭溥元劾山東撫
臣文格
命廣壽錢寶廉往治之於是漢侍郎僅寶任二人矣
使星絡繹近年所罕有也
十三日晴
東鄉之獄李有恆忽認忽翻

命嚴行審訊灌縣隄工丁寶楨欺飾平方与丁士彬

陸葆德約交部議處夜過孝達談

十四日晴

孝達來話伯潛踵至小酌

十五日晴

十六日晴

蘭師約孝達与余同話過柳門

十七日晴

蒼笙招陪張振軒

十八日晴

王夔石朱緝甫伯潛同來

十九日晴

丁寶楨革任處分改為三品頂戴留任丁士彬陸

葆德同華賤孝達伯潛來談

二十日晴

張謞青來訪

二十一日晴

許竹篔來午後袁子久趙寅臣陸蔚庭來茗生見

過

二十二日晴

賀柳門得中允之喜信芑仙兄喪

二十三日晴

二十四日晴

張子騰來時奉

命在毓慶宮學習行走

二十五日晴

過李蘭師時將扶櫬歸也坐中遇香濤是日柳门

文卿均來

二十六日晴

上河運費鉅弊深萬難規復疏商人李鍾銘開

設寶名堂書鋪工部尚書賀壽慈妻以義女与
之因緣為奸利長西臺時科道率引李為援于
求差使楊玉科方濬頤等賄通權要李寶主之
聲勢赫甚奎因附片請
旨斥逐
命都察院訊奏其捏称賀壽慈親戚詰問該尚書
其人手眼甚大不知能得其要領否待漏下直
至三蘢菴奠送李太夫人午後伯潛香濤均来
二十七日晴
駐藏大臣錫縝奏請開缺其人覬覦京秩憚遠引

荷可恨伯潛在坐

二十八日晴

賀壽慈以商人李鍾銘並無真正戚誼素日亦無往來

覆奏得

旨都察院確切查究據實具奏

二十九日晴

伯潛香濤前輩來話

三十日晴

聞香濤得司業甚喜伯潛來話孝達亦至

三月初一日晴

健菴至院署接見香濤託書謝表倩朱章菴寫之
鶴巢來話伯潛得撰文
初二日晴
袁子久侍讀招同吳柳堂侍御端木子疇舍人何
鐵生編修張孝達同業黃嗇川比部小飲以子疇
欲見孝達及余而孝達欲與柳堂接也柳門來譚
夕孝達發菴過我聞潄蘭得學士
初三日晴
子涵招同輔臣陪王稚夔公子行反馬禮也賀徐季
和閣學娶子婦夜孝達來話

初四日晴

內子震得九月忽吐血升餘時方歸甯述之歸妥頓徐甚可莊來話端木子疇過訪夕柳門孝達均來漱蘭以賀壽慈覆奏欺罔抗疏糾之得旨著該尚書據實覆奏並著都察院堂官會同刑部嚴訊該商學士此疏深得詞臣之體視李御史之毛舉該商劣迹者固佳即余之避實擊虛亦自媿勿如矣

初五日晴

作楷數百字

初六日晴

賀尚書覆奏以曾向李鍾銘所開寶名堂買書並於演龍軸車時順道至該鋪查閱書本

上以該尚書此次所奏各節前奏未據實陳明且恭演龍軸車係承辦要務所稱順道查閱書本殊屬非是賀壽慈著先行交部議處佩綸於友人坐中讀此

旨謂進退大臣有體矣

初七日晴

派出隨扈同行五人貴午橋恆黃漱蘭體芳福振亭錕

英和卿煦劉小甫燡夜柳門來

初八日晴

過伯潛飲其夫人生朝也

初九日晴合肥來余答拜之

初十日晴

伯潛招飲賀尚書降三級調用

十一日晴

夜飲孝達處

十二日晴

十三日晴

十四日晴

滌民歸自天津來此夜話伯潛亦至

十五日陰

伯潛來賀君生得兵部侍郎

十六日晴

至下斜街估工午後孝達學中作課

十七日雪

懷庭中暮春雪中光景胃次作思數刻伯潛黃

濟川青午橋均來

十八日雪霽

孝達塾中作課大女生

十九日晴

內子患晃枕痛號叫徹夜晨始安怗

二十日晴

詳東陵行紀附見至廿九凡十日其初一以後事

閏月十七日晴

陵上歸來人甚疲苶又遭柳翁之變意興闌珊久

不理日課兩半月來 慈親及內子均日延醫診

治令人終夜不得安枕悶急之至

是日柳翁疏入奏

懿

旨令王大臣大學士六部九卿翰詹科道妥議具奏

適蘭使已歸乃知柳翁於初五日卯刻仰藥自盡

讀其与廟中圓道五紙上有血迹蓋初擬自刎復

擬自縊以日綾三尺餘繯結書十四字曰九重懿

德双慈聖千古忠魂一恵陵旋以無梁可懸一

板度門上動搖易墜恐有声致救乃服洋藥以終

可謂百折不回矣

王耨夔公子来訪訊慈侍疾適服秦春帆户部

藥已見瘥可矣夜柳門前輩來香濤同成踵至

与論會議事余以為惟有請明降

懿旨嗣後傳授大統之皇子即係
穆宗毅皇帝之嗣宸為直捷痛快香濤則主兼祧之說
而又恐涉于趨時余于兼祧之說亦以為是而以為
臣下直不必論亦直不可論故俟香濤言及趨時一
語甚贊嘆之香濤甚愠懟余請其作張璁桂
萼忿爭良久余嘗謂南皮人甚虛懷而貌似拒
諫人甚愛士而貌似侮慢皆此類也彼此皆以正
直自信豈有因其一言而疑為諂附者乎他日當
再匡諫之以盡朋友之道亦足見君子和衷且頗不
易而望與十人共事耶余其休矣

十八日晴

晨起有投一書於門者曰粵東布衣古銘猷其詞曰前左遷侍御吳柳堂先生以身殉諫識者悲之公直聲震天下九重寵美海內傾心伸侍御未伸之志非公而誰會議特但當據理直言不可稍有惕疚以失朝野之望以章晏蘭之知天下幸甚士林幸甚猷伏而不出人微言輕未識荊州冒昧上昏踊請之至拙作四首錄呈 國是誰能以命爭烏臺祿重分冠輕不圖一死從容甚哉為先生熱淚傾日鬢霜飛年七十青楓猶滿月三更料應御藥

人含笑從此年年侍憲陵清時節不尚龍干恩重何容一死拌地下竟逆 先帝去人間早當古人看矣如韓愈迴瀾久事比朱雲折檻難可惜史鰌生太早不知隔代有暴蘭三間老屋夕陽邨煙樹淒迷荐薊門仁裕不髯歸光澤里牧之竟葬渠遊庠絕無懷忘饑兒女直以心肝奉至尊一樣征夫沙磧死糢糊敢信忠魂非夫人慟而誰為公而他人哉而公 此老居然追古直旁人未免惜愚忠生無前輩誰知已死果留芳即考終莫上金臺高處望五更風雨薊門東詩格不甚高而大致尚合其人

知重柳翁且致余書中規勸懇語語見直道斯真不愧姓古矣余裁答以講讀不預議告之春帆來談是日大女弥月午後過高陽師得見皋蘭疏吾子久濟川杏濤柳門歸潤生在坐皞民寄一書來並以詩哭柳堂侍御尸諫從容竟叩閽疑君真有戴盆冤求仙不悔金丹誤鑄錯還君鐵案謝共說賈生能痛哭獨從望帝化春魂工愁更念張平子寐寐鄉春合閉門用玉溪生哭劉司戶韻也

十九日晴

柳門約孝達仲潛及余林姪同話雲孫在坐午後歸

偕伯潛訪再同不值夜再同編修孝達同業集跋菴
處余後至論柳翁疏意與再同意不合以其引証
甚博嘿然未有應之
二十日晴
午後過伯潛處遇再同
二十一日晴
大祫奉派陪祀是日到遲不克入午後與仲獻孝
達集跋菴處略話
二十二日晴夜大風
悶甚不能作畫過香濤柳門兩處略話

二十三日晴

延春帆為慈親定方慈親意在南行但病中斷難就道余自東陵歸用世之志銳減重以親病益欲抽簪養志侍奉南旋但菽水無資不能自決耳枯坐暝想萬念奔馳至華佗廟求籤方親命也午後春帆又來予久踵至春帆言有三河查君願捨地十餘畝為柳翁葬地予久言內閣定稿主駁引

高宗不違諱聖訓中有漢臣雖舍死沽名者亦不允云云

為証主稿者王憲曾陝西人也朝議與評何大懸

絕耶
閣左恪請有疏請將吳編修事實宣付史館附見
者三人不知
聖恩若何
昨夜不能成寐借柳門北江年譜曉讀書録諸
書讀之
二十三日晴
二十四日晴
二十五日晴
二十六日晴

二十七日晴

二十八日晴

二十九日晴

三十日晴夜雨

七月二十日晴

自四月初六酉刻遭生妣毛太恭人大故苫凷偷生不啻死灰槁木二十八日奉靈櫬暫寄官菜園上街觀音寺倚廬伴宿親友均以禮規戒不得不延息以求勝喪時內子已病劇旋于五月五日巳時下世哀痛中不復覺喪婦之痛惟憶坡公亡妻誌云君得從先夫人於九原余不能兩語不置二十五日以其柩附厝佛舍七月五日所生女韻蘇小名晉兒殤四兄九弟亦自浙

奔喪至十六日百日設祭謝客三日人如夢如
疑其酸惻悲涼非筆墨所能盡者
蒼潛兩児暫寄甥家月以十金資之不得已而
出此下策如何如何
清晨駈車出門孝達贈醬菜常師母贈素羊裘
師友之誼可感至廟中靈前收辭較三月間隨
處就道時真如隔世不覺血淚霑裳酸凄填膺
至筱韋京兆苫次略話別亦以內艱在廟也出
齊化門赴通去年今日正為書盦執紼慎及增
痛張君文虎舒藝堂隨筆六卷為朱景庵編修

所贈久鐫內閣箇中行篋取以自隨書眉略有朱葢八遺墨低帷淺學輕易涉筆本不足取幸皆就前輩所言与相訂證可免孟浪之譏而酒底燈前吟聲在耳又觸我幾許悲褢矣

住韓家客店

二十一日晴未刻微雨一陣旋止

通州曉發歷馬坊馬頭兩鎮而夜泊香河行一百五十里逆風故也

閱莊子一卷

二十二日晴雨相間

過河西務小泊詢秋成分數沽河大熟近城均苦潦以沽河有河淺水也甚矣吾民之惰於溝洫河西務屬香河天津有関别有一局咫尺相望舟人云屬工部不知其詳俟攷是日天時雨時晴舟時行時止行一百八十里泊韓口河西務屬武清舟人誤以為香河香河至河西務五十里河西務至蔡邨五十里蔡邨至楊村五十里楊邨至韓口三十里

二十三日晴

辰刻微雨津沽水益大通商大臣署前浮橋圮改作之午刻抵三岔河泊舟暫厲針市街大伙

巷顧暐民觀察許往謝合肥相國相國初有書
与張藹青欲邀余入幕至是面訂辭之与論事
頗承宜可而優謬甚識之心正復不免聞高陽
師以余南下囑合肥加意相待可感也歸寓与
暐民相見談次渾淚交頤不堪回首

二十四日晴時雨

申刻合肥來答拜承假白金千兩為營葬之需
並妻四兄充津循局紳士月領三十六金先世
交情之耐久如是孤兒真感德銜悲也寄家書
及宗書孫子授書

二十五日晴雨相間

坐豐順輪船赴上海夜到招商局以合肥託其支應行人也葉同知送至舟絜官艙一間為余設卧具始去

二十六日晴

夜漏四下放舟有風甚顛簸余以憂勞餘命復歷重洋氣體不支嘔吐大作向夜萬念環起熱淚縱橫幾不知置身在何許轉無復探湯傾側之苦矣

二十七日晴

至煙台已刻就泊夜始放行輪船司事以所居官艙多風復易一間果較寬綽亦會風定濤平了無所苦曝氏假南宋雜事詩兩冊閱其注中瑣聞軼錄以資消遣未暇記也

二十八日晴

天色軒明黑水洋亦平靜可渡

二十九日晴

未刻抵上海吳淞之礮臺已成殊不得勢坐小舟寓裕通恆棧于晉許入城拜夏壽人師師益衰老矣談次悽然時肄業龍門書院因就見院

長劉融齋先生熙載承以所著持志塾言藝槩
兩書相贈時年六十有七强飯健步念吾舟甫
及大董使人子謹於扶持何遽及此笑不成酬
對遂退壽人師留飯談兩家事增悲益痛耳見
世兄元耀年二十夜失眠
八月初一日晴
買舟赴南匯葉君送至舟詢以招商局弊竇云
二唐因緣為奸利順風渡黃浦夜泊新場距南
匯廿四里是日更換學政不知諸知己及妥圖
有司文衡者否

初二日晴

晨抵南匯吳子備聞信先來少譚同入城拜圭盦之母見圭盦夫人及公子毓燵甚茁壯秀靜子備留素飯未刻返舟子備又來送子備声音形貌與圭盦有張氏之喈之似睠念之弗殊子感觸而余處此艱遭九原知己亦當為我酸咽也子備言崇明轄洋面太寬有陽山石硓磡兩處漁戶械鬥甯波往往越宜設營汛以專責成並言據日本海中數百里輙有小島云章民貿地瘠日本不估據始歸之備攷

由南匯回舟至新場已更鼓動矣十二里至航頭十二里至羅家匯舟未至匯回潮來野泊四鼓過羅家匯又十二里至閘港順風過黃浦

初三日晴

余非不適服予備藥即就枕醒則已達閔港矣使非風利則逆潮不能過浦又須候至午後此天幸也讀朱子家禮吳督部棠刊本案王懋竑白田雖著以家禮非朱子之書紀文達輯四庫書目深韙其說特以從宜從俗錄而存之然家禮實亦不合于今之宜協乎今之俗士夫平日

既以講求喪礼為大忌臨事瞀亂無所適從實多負疚今年

惠陵會葬致礼臣不嫻儀節者臣全無威容一切草率深可痛哭及遭毛太恭人之喪不孝學既空疏性又迷罔欲思略存古意勉盡人子之心頼李達博雅伯潛果決資為考核而習染已深仍不免掌于流俗安得博雅君子纂家礼一篇得古人之精合時王之制簡而可行使人人臨變不亂乎

讀漢書韓信傳班氏將蒯通說詞刪去較史記

淮陰侯列傳相去霄壤

舟行一百里宿青浦北門外閘港至豆腐浜六十里實則四九三十六里至青浦又四四九者吳人土語也

初四日晴

讀公孫宏卜式兒寬傳入卜式似不類贊中云質直則汲黯卜式長孺社稷臣乃躲之與牧羊兒等予亟堅殊無識

平當傳漢興唯韋平父子至宰相案絳侯條侯亦父子宰相也班氏何以遺之

夜抵蘇州自癸酉至今七年矣

初五日晴
晨起至金太史場寓朝叔母及大嫂均健諸孫林立吳子容舫譚撫令追管益覺悽然寄八弟及宗五書

初六日晴
至仁壽菴謁 田淑人暨所告遷遷五兄柩于培德堂

初七日晴雨間歇成殊損
至元妙觀清河書畫舫伯驌高宗時嘗奉詔寫天慶觀樣命吳中依樣造之今元妙觀是也趙館

驌仕至觀察使攷古錄趙伯駒与弟伯驌並以
畫名清河書畫舫謂是伯駒之元
初八日大雨
寄八弟書
初九日陰雨
容舫出二兄遺著共讀其成書者曰周易增正
孝經注又有手校管公明別傳風俗通兩冊二
兄少有足疾讀書養疴所藏祕籍三五千卷兵
火中均入劫灰僅存此吉光片羽可悲也
初十日晴
出門謝客在京來弔者吳廣安刺史承潞寄賻
者沈靖雲復慶吳誼卿大澂陶益青

襄達同年主祿景福李文燿張庭蘭典史張沅辰午後至蓮溪謁大兄及諸兄坤弟靈入目慘然淚不可遏敬遷庶母李太恭人靈輀于外舟中容膝言劉園已屬盛旭人康木石重新矣陂石留園俞樾有記特顧予以新創怡園於尚書里盛顧均以道員鮮組坐擁鉅貲者也盛方入都候簡還李太恭人柩于舟

十一日晴

十二日曉霧漸晴

奉遷先妣王淑人靈櫬至舟即日擬解維而北

而佩綸頭眩殊甚叔母堅留之養痾舟泊薛閘
外寄孝達書
十三日晴
得都門二姪書知未銜使命十一日吳君承潞來訪已見學政全單矣謀進止之策夜与容舫作書復之勸其挈婦
子南旋亦無聊極思耳
十四日晴
得四兄書知於初四日到天津即往津指揮局
九弟羈旅店措置殊未安此心怦然欲急北發
芷鄉百日適在中秋必以今日設祭慶光輩所

呱正哭母也

十五日晴

毛太恭人生日不孝何以為心

十六日晴

同容舫至直隸會館一游鼓拙政園也張子青先生撫吳時寧鄉人劉倬達長康司事今已漸形荒落在都時與李蘭蓀師張孝達前輩方營畿輔先賢祠當作書告之務督選司館之人以此為鑒也

十七日晴

寄番錢一餅爲六姊遣眞部香岩文時薄暮得
八弟与容舫書不果未
十八日晴
晨起放舟留蘇適十日叔母大嫂憐之甚至容
舫夫婦均賢諸孫亦依依殆難爲別買段說文
及陳氏奐毛詩疏舟中讀之余幼從師讀至十
三歲避兵即棄書於小學茫然遑論治經早知
窮達有命恨不十年讀書噫
適風泊崑山作寄八弟書
說文玉部瑶佩玉石也段注各本作瓊瑶也今

正詩鄭風正義釋文皆引說文琚佩玉名衛風
釋文又引琚佩玉名按雜佩謂之佩玉見周礼
大戴礼玉藻詩鄭風秦風衛風尚書大傳贅以
名字語不可通琚乃佩玉之一物不得云佩玉
名也毛公大戴皆云琚瑀以納閒許君以瑀字
厠於石次玉之類然則名字為石之字誤無疑
佩玉石者謂佩玉納閒之石也木瓜毛傳云琚
佩玉石也許君用之今毛傳石譌為名莫能是
正陳奐親受業於若膺先生其木瓜疏不改名
字後箋以段為誤不知段云木瓜毛傳云琚美

佩玉石所據何本余淺人不敢妄定

十九日晴

昨夜睡不安午眠始酣逆風行九十里泊黃渡

主盦有黃渡寄弟寄內詩上海轄

步部歲木星也越歷二十八宿宣徧陰陽十二

月一次从步戌聲律歷書名五星為五步段注

此釋从步之意近人張文虎以律歷九字為後

人妄增殊繆

二十日晴

又部叜老也从又灾鉉本作从又从灾闕段注

引元應曰叉音手手穴著衰惡也言脈之大候在於寸口籀文叜從寸老人寸口脈衰故从又從穴也此說蓋有所說受之韻會引說文从又穴穴者衰惡也蓋古有此五字而學者釋之張文虎曰又部叜老也从又从穴闕案許列叜字於叉字之下當是从叉非从又以不列叉部故以類坿此玉篇別立叉部而叜字仍在又部蓋所見許書已誤其篆當作叜从穴之義不可攷矣姑以意說之宀者交覆穾屋老者所安居也耳部耿字解云耳著頰垂疑此亦象耳老頰垂从又者家所尊也韻會

引有宊者褒惡也五字此妄人所增元應從為
之辭鄙矣佩綸逮以宊之意不傳元應說固未惬
心責當張君文離附會尤陋爲可笑僕歸衆嚴
桂諸說者之並肩之孝達也
逆風午刻抵上海
二十一日午前雨午後晴
寄容舫書附復八弟書
寫定豐順船票得四兄書
吳子備於余至南匯時面贈百金為賻緩且非
禮也余以子儁故不欲作色峻拒至是作書卻

之略由佛綸航海而南孫行三四千里未肯輕
見一人惟買舟入境踐先友登堂之諾具意居
園知之矣面賜賻金豈敢固辭但以義始而以
利終廣之先友必曰非空硜硜之私尚乞垂鑒
畜銀百餅遣使納上孟子曰恭敬者幣之未將
者也然則天下事在敬不在幣可知予脩吏才
甚勤敏惜予浮華不實始難与圭盦相提並論
也一家競奕豈易事哉
廿二日晴
午後与夏壽人師晤譚欲買桂說文書賈以湖

北局刻朱雋孝達序在簡端閱其為誰曰乾隆間人洋涇僅書坊四處可慨

申報中見沈督部漕項難以議撥海運難以議分疏與余官侍講時論河運難複大致相同沈公歷事老練所言自與新進不同但專駁畢河倉部之疏亦主河運複而於黃御史所奏不一及豈其疏未寄出耶抑大臣論事不必照顧前後耶不可解矣明發之旨不應未見墻直詔書挂壁而已

廿三日晴

朱正恭奉

壹柜上豐順船葉顧之徐雨之兩道相晤告招商局情形知今年較可支持蓋葉君粵人与洋商熟悉又家業已足志在求榮不若朱雲甫之欲名利兼收也寄蘇州書

廿四日晴大風

二十五日大風微雨兩日舟中苦狀可想

二十六日晴到煙台已未初矣

二十七日晴

至大沽口水淺候潮望見礮臺對峙假使兩軍
相拒時我伺其舟閣淺時為簡之師迫人於險
阿奴未免必為下策耶穌教中人聞吾語亦怖
否
二十八日晴
午刻潮至舟已卸載及半始入口抵紫竹林已
夜分矣
二十九日晴
清晨招商局員葉同知邀至局中小坐時已覓
定馮姓船即飭局中工役恭奉

靈柩過舟廬觀察廷樞局總辦也來謁道飢渴以小輪船送至三岔河水大湍急乃頗賴之寄南中書過縣民略話至夜返舟勞苦愁痛之餘心氣覺虧盧陽發越夜睡時中宮微張若甚四兄覓舟當同去也

九月一日晴

得安圃書知姪女已於八月廿二日下世為之淚下僕本恨人更多感觸因憶姪女來都營嫁時如在目前不堪回首安圃出都之計不果作書復之

夜讀吳竹如先生年譜竹如与倭文端師以理學相切磋卒年八十一先生謂李文清德行粹然惟學術尚未能純一論殊褊刻講學家習氣也古人講學嚴於律己今人講學苛於責人余實嫌之反復不成寐此心萬念循生不能自制

初二日晴

至晬民處復安圖書爲壽人師事晚晬民懇清卿作書致劉芝田午後歸施叔隅來譚七年未見矣靜坐遣悶

初三日晴

合肥相公命開礦之道員唐廷樞送行以小火
輪船帶余舟而前七里海攝河淀与河連成一
片潮平湍急順風相送行一百六十里至蘆台
泊塘頭岠津三岔河三十里新陀七十里至蘆台六十里
禮親王嘯亭雜錄外舅大理公盛伯羲書然所
紀如云張清恪与噶礼互劾之獄為其母見上
言予貪狀因置礼於法語殊失實滿洲名臣傳
噶礼因張清恪劾奏落職其後為母所訟伏法
並非一事也他若兆文襄謚作兆文毅及謂錢
宮詹所講字書林守許氏說文別觧者皆遺排

斥則陋矣然五朝遺事頗賴以傳亦稗史中之
佳者

初四日晴

唐君舟之煤辭之順風行一百八十里至豐台
豐樂橋下族人佩績佩紀表弟孫履慶已候六
日矣

初五日晨陰旋晴

豐台距齊家陀四十五里道積潦不可行奉
壼輿過小舟至青陀水程三十里過西淮沽環莊
西濟陀舟行田埂上水深四尺餘抵青陀已申

刻扶
靈輿宿王家店
初六日晴晨微霧
奉
靈輿還齊家陀合族來奠謹甓奉第二層廬舍中
初七日晴夜大雷雨
至大王莊十八里過李保寨報喜陀令名子頭抱來
臨務令名家庄楊高門口坎上過泥河至莊地窪於
余村與趙菁衫之兄字香同知語菁衫予恩淵
字丹來曾執業門下六侍坐為歸而雨至

初八日晴大風

同四兄至缸窰舅氏時母舅已下世兩表弟福長二十五歲福鴻十九歲奉其生母以居逆風行五六十里甚苦

初九日晴

午後由缸窰至喬家屯時唐廷樞承合肥檄開礦唐山立局於屯上洋人七工人數百羣處民初驚疑近稍相安唐君延江西李錫蕃昌言來局精堪輿特薦與余因往迓之時唐尚未至留宿局中

初十日晴

唐居至時已約李君行遂歸李君江西南豐人年六十四主蔣大鴻盤婷以三元旺氣為說唐山以唐太宗征高麗駐蹕得名有支山名晾甲石關礦處俗名鉄菩薩山

十一日晴

同李君至

祖塋周歷以為局勢甚大合武曲金星格步行十餘里於莊東得一穴又於歡喜莊東南得一穴後有窰然二穴一嫌逼近他姓墓一嫌地勢太前有水

窄余及四凡意尚未慊也李居人甚識竺藹然可親吳前輩嘉善之兄殁於上海遺一女一子李君賙之甚至可媿士夫之澆薄者

十二日晴大風

至八戶莊東覓地午後歸安圖自都遣人至以定計南下促余回京先是安圖決計明春再返蘇州以書告余未十日而又改圖則余已四出覓地頗有就緒不能兼顧矣使者以昨夕來即作書復之

十三日晴大風

送李錫蕃還唐山道出中門莊詢吳仁波家則
零落難言矣為之立馬踟躕光是唐山開礦欲
延公正紳士与居民聯絡善與其人又欲開王
蘭莊故河以利運合肥意屬四兄恐不肯就唐
觀察夔以為請兄勉允之遂与同道公請入局
壽濬水道

十四日晴

自唐山歸

十五日晴

過陀上梁氏買定梁執林地三十畝每畝束錢

六十千小祖五千梁氏昆仲四人長麟祥紋廷
次文祥蓺林次蘭祥瑞達次桂祥月上始歸

十六日晴
至前街族人處問候從子印甲早世配樂氏年
十九撫一孤女織席三十餘年以完貞操今歲
以節孝旌余入室陪致敬礼庶鄉人知所矜式
乎

十七日晴
議地不成信步至廟中建福禪院（金時翻建）双柏下讀金
鄉貢進士碑（李千都所撰）文庸劣不可錄明嘉靖碑為術士

孔經譔術士殆經寫爵里不能考工有大陽郡其（三字）
族望歟（詳澳小志）
十八日晴
李錫蕃暨唐景星之從姪來
十九日晴
買定梁文元官祖地九畝價東錢乙千千至梁
坨定泰梁藕林讓户地三十畝價每畝六十千借
豐潤縣志一部
二十日晴
又買地十九畝午前至八户莊定穴庚山甲向徵帶

卯酉 先大夫棄養二十餘年始得吉卜不孝
之罪何以自贖耶
二十一日午後雨
送李錫蕃唐郁居還唐山
二十二日晴
至八戶莊量地計梁穎林地二十七畝東錢乙
千六百二十串梁文元官租地九畝東錢乙千
串王福永福順地十二畝三分八釐東錢乙千
二百三十八串趙永利地六畝八分五釐三東
錢六百八十五千三百復以安穴在梁文元地

内酧東錢一百五十千文中人每千串酧三十串凡為田五十五畝一分三釐三毫大錢

二十三日晴

至新軍屯

二十四日微雨

四兄九弟至礦局余所見車中變借一薄笨車至屯宿廣順永店唐郁居賣銀至奋之同宿以与四兄左也

二十五日作雪不成午後晴

送郁居還唐山由屯啟行六十五里宿玉田

二十六日晴
晨起行五十里别山午飯憶乙亥恭送
梓宮歸途繞道省墓留齋家院一夕以九月二十
五過别山有憶內詩時將臨娩也夜宿邦均主
人知余名姓來問竹坡余陽為不知謝之聞柳
堂先生於十月初三安兆惜咫尺不得往吊夜
坐覺金華舊夢茅店秋心五中棖觸不能抑制
二十一日腸紅今日漫然甚餒
二十七日晴
五更起行七十里住下店早飯過泃河見盛京

礼部差奏事官彈渡甚橫可嘆余比之始奪氣去然商民已有受其鞭笞者矣及過渡乃陷淖衆大快之至煙郊余車失道過潮河已昏黑

二十八日晴

侵晨由通州行午後至京安圃已出都寓觀音院聞杏濤繼室亦以娩逝走慰之至朱宅兩兒出見依々四姊病歸康宅甚窘

二十九日晴

過孝達可莊得安圃書

三十日晴

十月一日晴

初二日晴

李蘭孫師朱茗生袁子久諸公相繼來

初三日晴

宿李達慶得容舫書

初四日晴

初五日晴

命倪春至通州覓舟

初六日晴

過米宅賃其東院奉神主遷兩兒居之

初七日晴
有客至夜孝達再回話
初八日晴
奉　先妣及內人殤女柩出都夜乘月放舟
初九日晴
作致合肥書夜放舟過楊村破曉矣
初十日晴
午後抵天津吳觀察毓蘭來弔張藹青戚也合肥遣人來備礮船為衛管船游擊袁文彪是日
寄容舫安圃書孝達伯潛壽信胡介卿書謝張

于虞書夜夢見圭盦

十一日晴

按直隸河渠志薊運河至盛家莊還鄉河北支自東北來會又東南至江漢口還鄉河南支自東北來入之逕渠城所北分流環城仍合于城南又東南逕蘆台軍糧城會天津新河入海此行由天津新河上泝薊運入還鄉河舉其所經者列于左

陳家溝河渠志壩河淀上無來源下通潮汐以陳家溝賈家沽二河爲出納焉

壩河淀今与河成一片

七里海今与河成一片

精忠河舟師以為在淀与海之間舟所經由之道河渠志埔河淀東南有小河一道出

西隄頭逕城兒、上入七里海即此得名之由則

不可知謹考

儀口吴邦慶畿輔水道管見王家務引河逕儀

唐兒洼於七里海即此距蘆台五十里

河口入河距蘆台十二里

夜宿河口候潮放舟以四更至蘆台

十二日晴

午刻至甯河過東窩田家莊等處閒稻地均無

存者北人情弛可慨

甯河諺云三灣九十五如不信問埋珠九月聞
河流橫溢一片汪洋舟由堤上直行至豐台才
四十餘里至是水涸廣氏阡前又築埝禁舟行
過由折勞逸判然矣埋珠村名不知何所取義
因憶亡婦嘗言侍其大父甯河官署中以能辭
奉怡語意賜以銀鎖扁舟過此附襯同歸雖憂
居罣痛未暇言私然梁城所何嘗稠桑驛那珠
者未也埋珠之讖為亡婦兆矣泊江灘口

十三日晴

晨至豐台遣職船歸改舟赴青陀仍宿王家店

南泊水仍未退與油胡盧泊毘連南北二十里
東西五十里若淺水於王蘭莊河䫉為稻田寔
上腴也誤與四兄商之
十四日晴
晨起奉 生母靈櫬並挈亡婦柩至家入屋淒
涼人生至此何堪設想弔者甚衆
十五日晴
十六日晴
入縣報扶柩到籍邑令諶瑞卿命羊留宿衙齋
談至夜半始寢諶居上元人壬戌進士老吏也

十七日晴大風

巳刻由縣歸陀過天宮寺不暇一游得半晢攝

奉令日在衙坐遇陶作舟孝廉樺乃壽人師同

年辛未曾在号舍一遇今又萍水相值亦緣也

造物何心使与陌路之人每〻所合如此而毋

乎夫婦閒必強割之何欲思之怨憤痛恨交集

五中矣

附自陀至縣路程

齊家陀五里山王寨又三里西歡陀又七里何

家莊又三里蕭家莊又五里崔家屯又十二里

女過莊有店可尖又五里白沫千近黑龍河有水田
又五里孫家莊又五里南台又五里豐潤縣共
六十五里
十八日晴
謹將靈櫬及亡婦柩蹔厝
十九日晴
過糧梁名下過糧每年銀三錢四分四釐王名
下過糧每年銀壹錢三分壹釐趙名下過糧每
年銀六分共銀五錢三分四釐官科地壹兩四
錢八分八釐共合銀二兩○二分二釐

二十日晴
趙宇香來
二十一日晴
買驢一頭代步晨起由陀起行孫表兄復恆偕
七十里住玉田東關仁和店
二十二日晴雪相間
至玉田啟行三十里至燕山口望燕山祠不得
上又三十五里至馬伸橋時柳堂先生已葬鎮
之東側攜隻雞斗酒哭弔其墓真時雪勢甚大
禮成雪止回思柳堂出都時雪令余至又雪若

雪婷与柳翁為緣者堂名攜雪不虛也乙亥冬

柳翁被召入都是日得雪都人謂之御史雪令

至偶為雪御史矣行十餘里宿壕門

車夫言油葫盧泊非官地緣泊種葦甚獲利息

如此逕淺水於河有阻之者即不阻水涸又爭

種雜糧營田之計難因勢利導矣

是日至燕山口行十餘里至張智河渡梨河橋

為村人所建而不許人行余至村人皆攜鋤填

土扶輿而過余犒以錢不受固勸其勿再掘阱

以便行旅村人同應之其意殊可感也

二十三日晴有風
由壕門取道薊州四十五里至邦均早飯夜宿
棗林
二十四日晴
由棗林至煙郊關通州浮橋圮改道平灘五十
餘里至通州柵欄店已二更矣夜夢伯潛
二十五日晴
晨至李村夫人處謝步坐即入城酉刻至北半
節胡同夜不成寐
二十六日晴

至季達處少話

二十七日晴

至張藹青王可莊昆仲蔡輔臣處道謝朱茗生

過談得合肥書作家言寄容舫安圃

二十八日晴

閱縣志沙流河在縣西四十里出黨峪山下經

兩山口又西南至姑嫂橋合還鄉河引方輿紀

要元致和初懷王襲位上都兵自遼東入討撒

敦等拒之於薊州東沙流河是也佩綸考金海

陵紀貞元三年八月甲午遣平章政事蕭玉迎

祭祖宗梓宮於廣甯九月丁卯上迎梓宮及皇太后於沙流河命左右持杖二束跽太后前曰亮不孝久失溫凊願痛笞之太后撫慰之曰凡民有子克家猶愛之況我有子如此叱持杖者退此事縣志未引

午後過香濤觀其作書至二鼓始返

二十九日晴

入城至王稚夔處謝並謁常師母詣奎樂山午飯生日而生我者不在人生至此蓼莪之詩何可再讀哉

十一月初一日晴

稍絜書室以資憩息風甚大獨坐不出戶庭蔡輔臣來話

聞崇地山使俄國伊犁事許俄三事一曰犒師款二百六十八萬二曰通商嘉峪關准出入天山南北貿易免稅張家口設行棧尼布楚通歸化城通運道三曰定界伊喀塔三城重定界址

初二日晴

正欲假寐潄蘭前輩來話知其於前月八日

召對

聖人求諫綦切臣下何以上副耶晚兒子輩來
書舍嬉戲真所謂烏能便嗔喝者
是日居室苟完午前與旭莊入廠市買書數冊
而歸

初三日晴

晨起往奠張孝達繼室王恭人於龍樹院至趙
寅臣處謝寄邊潤民師書求貸寄容舫書得八
弟書並捐照一紙午後信步至澄秋閣買舊白
地磁盤四又成化窯磁盤四焚香繫葛為
先妣及亡婦設供焄蒿相感雖死如生夜作致

黃子壽牋

初四日晴

昨夕夢見亡婦縞衣而坐情無一語惟有五律一首亦不知為余作為婦作姑錄之曰冤遠居尤遠魂歸居未歸十年成斷翮五夜感元機月冷空林葉風寒客邸衣夢中無一語握手暫依々復與倪泰渡海有俞秀才邀之飲酒坐甫定内子自内招余則凝粧如平生然亦寂不言夢中覺是夢蘧然而覺惟詩歷々可記殆重眠故稽之因果其魂魄重來未應泛漠如此也悲夫

午後樂山來夜可莊見示商榷館賦

初五日晴

傍晚謝子齡來論時文

初六日晴夜大風

憂悶不可遏抑午後至廠市買山谷題名數帋詣瀓蘭談不暢遇孝達亦不能雄辯也歸若生來兩次云有事見告晤則議姻焉有母喪未終妻死未朞而以此相干者余自大故後閱歷稍深始婉卻之不與之情爭也歸而感觸殊甚淚盈衫袖夜作致伯潛書矣西日來譚

初七日晴
頃甚往省四姊歸買古銅鑪齋居焚香庶召神
魂過旭莊談亦不暢晚孝達来並載至其寓中
再同亦至酒行而主人睡遂歸作家書未寄
初八日晴
蔡輔臣廖穀士同年均至夜靜坐過孝達
初九日晴
冬至先一日奠祭愴然午後張藹青王旭莊趙
寅臣均来夜感懷身世不能自奮有離羣出世
之想謝子齡来論文

初十日晴
晚孝達來話是日冬至
十一日晴
草府居及 先妣 生妣 庶母行述
十二日晴
晚過孝達
十三日晴
煩懣鬱結眷康民過輔臣晚又過孝達許仙屏
李蓴園來話食餺飥較南皮夫人存時風味頓
減矣得蘇州書

十四日晴

作墓銘苦不能短讀汪容甫曾文正所作覺醰厚可味不及遠矣

沈督部卒天下惜之沈與余無一日之雅苦由中丞來吊言極可感佩以未葬不能殘謝何圖老成遽隕冥子之中宵此知己如何如何聞優詔贈卹不知誰為替人也

十五日晴大風

夜至龍樹寺詣孝達談其夫人盡七也孝達言余之為人如玉質開石不加磨礱未能成材若

抱質以游必至無人相與款洽其弊也得無用之君子有才之小人而已聞之殊悵然他日得間當求其痛加鍼砭免為 先人玷也

劉峴莊調兩江張振軒調兩廣劉長於吏治在今日疆吏中尚是佼佼者可莊云近來老境頹唐矣振軒殆因勦平李揚才功也

十六日晴大風

李蓮園約至龍樹寺夜談坐有香濤諸君子与再同並載歸

十七日晴

入城詣郭廉夫不值
余自十七以來終日惟籍書消遣略觀大意可
養心神近則渢卷紛馳矣王晉卿豈知憂患耗
心力讀書嬾去但欲眠洵非虛語也
十八日晴
至廠市買書過孝達商榷墓志夜復過孝達論
文字嫌其太長為累
十九日晴
蓉輔匡紉詵論八弟驗看事午後王夔石來夜
詣旭莊孝達表紉遜去因欲輯畿輔先哲錄也

二十日晴大風

晨起過孝達輯先哲錄午後歸寫墓志清稿一通

二十一日晴

過孝達輯先哲錄飯後論道光來人才當以陶文毅為第一其源約分三派講求吏事考訂掌故得之者在上則賀耦庚在下則魏默深諸子而曾文正集其成綜核名實堅卓不回得之者林文忠蔣礪堂相國而琦善竊其緒以自矜以天下為己任包羅萬象則胡曾左直湊單微而

陶寶黃河之崐崘大江之岷氏也今左恪靖雖大功告成而論才太刻相度未宏絕無傳衍衣鉢者閻丹初得其精而規模太狹李少荃學具大而舉措未公不知將來孰作嗣音也

二十二日晴

香濤訂修畿輔先哲錄是日坐客甚雜以非有旨將崇厚酬缺嚴議也詳見居予日牋中

二十三日晴

二十四日晴

二十五日晴

二十六日晴
二十七日晴
二十八日晴
二十九日晴
三十日晴
十二月初一日晴
初二日晴
初三日晴
初四日晴
初五日雪

墓志寫定

初六日晴

初七日晴

初八日雪

初九日晴

初十日大雪

十一日晴雪相間

十二日

恪靖寄百金為賻作書卻之

十三日晴

十四日

十五日

十六日

十七日

十八日

十九日

叢輔先哲錄成此一月中余心力疲乏極矣天

亦時有雪霰為十餘年所罕見

二十日晴

二十一日晴

二十二日晴

延黃漱蘭少詹再同編修王可莊修撰祀竈改

題　先大夫及庶母神主

二十三日晴

二十四日晴

二十五日晴

二十六日晴

二十七日晴

二十八日晴

二十九日晴

斗室枯坐萬念俱灰

二月初一日晴

柳堂先生臨命時所作家書公子之桓裒作卷子見示余將還山負土公子亦盡室將行泣敦數行歸之　己卯閏三月先生就義薊州後一月佩綸遭母喪橫街鄰屋僅隔一牆兩家哭泣相聞也烏虖先生為忠臣佩綸為不孝子冥冥之中何以教我悲夫先生甲戌讀官歸里恪請優禮之忌者或為讒間先生家人頗聞其語實則先生還朝後恪請使安必聞先生欵居生前聘書物後賻襚有加等焉

治命中恐公子惑于浮言故一及之覽者幸勿以辭
害意庶元白隙末之譏　家書緘封上有吳子儁老
驥詩宜善藏度語宜補入　又有偁道陳伯潛王
可莊兩居語亦宜補入王即己卯十二月初五日上封事
者名仁堪　劉薊州枝彥甚才先生殉時衣行衣劉
自鮮端草朝珠斂之另補用采畫之薊門地僻倉
卒不克取辦也有富人自營棺櫬購為先生葬
具一時賢士大夫無不多劉者　先生甲戌西歸佩綸
及吳望雲吳子儁何詩孫餞之何作圍鑪話別圖紀
其事坐皆有詩先生樂甚兩家眷屬曾相往來

亡婦朱氏因亦賦一篇先生謂患陵日猶攜之行篋中公子之姪并先生贈予儷詩裒衍成卷今藏余家遺疏稿別裒一卷予存公子處書中所云契友阻止上疏者乃粵東陳君陳亦端士因初稿有未確語耳 先生之喪有壯士突入奠哭留百金為賻詢姓名不告而去故舊貴人乃無一至者不特鄙薄俗可鄙亦可謂誤用揣摩矣 公子既葬先生薊州庚辰二月將奉母歸皋蘭出家書見示墨首絰相對誦書輒涕下不止哀之父母生我劬勞願與公子互相激勵無隳家聲為異時相見地也

孝達前輩命其子權及顕從余游顕郎甫十
二歲余愛之前輩因并命長嗣執業抗顔爲師
殊自媿赧耳
澂蘭前輩同在廣雅堂夜談知孫琴西先生
有引疾之志余通籍晚不克見琴西惟覩其
致外舅陔伯先生書知家藏國史甚富學問亦
淹貫古今其論事則不免偏激如曾文正將所
募水師分布長江改爲經制先生以爲特因安
輔湘軍之地乃文正敗筆其弟侍講學士鏘鳴
爲悟靖所劾遂每論悟靖必用深文阮文肅替

兩江先生由湖北移藩江甯夜入會城即日受篆眎事以文肅乃學者門生不與扶長之意也然孝達前輩謂其時儒風雅氣息清高猶有乾嘉諸老遺意私冀就官岡寺當因徽蘭展謁一親謦欬而先生樂永嘉山水遂欲田居復患疾初朝衣懶著令人悵惘久之余友吳望雲祭酒視學江西任滿乞假還里聞亦欲買山而隱錄入此足博笑可愧今之鍾鳴漏盡夜行不休者

孝達前輩臨別拳拳手近思錄見贈曰君之才氣一時無兩但閱歷尚淺遇事可加一番講求

加一番思索然後出口則萬全無弊矣前輩愛余之深如此謹當書紳以期進益夜談甚依戀久之始退

初二日晴

凌晨孝達來送言此行可至大沽北唐各海一覽形勢暨于船碰船式樣亦宜留意

夜宿通州李開樵文家又同毋弟載文以舉人大挑一等發往廣西歷馬平平南縣知縣守平南七十餘日爲巡撫勞文毅公侍郎王子襄先生論薦擢桂林遺缺知府命下而城已破居不及聞矣君

巷戰遇害為賊支割其家人覓忠骸不得僅瘞

髮存耳 詔贈太僕寺卿雲騎尉世職同治中

謚壯烈時同入輯畿輔先哲錄從文索壯烈傳

郵寄孝達以資攷證 通州王侍講大鶴供奉內

廷時和致豈當國 昌陵心不能平侍講輒於手

書一忍字 上意始解及和敗侍講已解組徵召不

出事見州志閻樵文為余言它日當攷之

初三日晴

逆風過馬頭二十五里泊楊家灣

初四日晴

逆風夜三鼓泊楊村

舟中攜兒子壽蒼歸里課之識字頗勞可憐

康熙五十四年廷議屯田鄂爾坤圖拉裕軍食

詔土謝圖汗勘覆所部可耕地奏言附近鄂爾坤

圖拉之蘇呼圖喀喇呼烏蘇明愛察罕格爾庫

爾奇呼札布堪河察罕廋爾布拉罕烏蘭固

木及額爾德尼招十餘處俱可耕雍正二年四月

振武將軍穆克登奏鄂爾坤一帶尚有昔人耕種

處及故渠灌田鄂爾坤圖拉等處現有大麥小麥非

不可耕之地旋奏產瑞麥九年收穫麥糜一萬六

百三十石有奇十三年平郡王福彭於鄂爾昆額爾德尼招逃北興工建城福彭奏六月二十二日自烏里雅蘇台起行七月十二日抵鄂爾昆五十四奏自張家口至鄂爾昆大站二十九腰站十六蒙古游牧記

初五日晴

至津河方巳刻聞陳家灘水淺須改陸行登岸覓車價甚昂午後命舟人往探云唯二丈許淺可用人力助之過此仍可行也既覓車不得始聽舟人之策

合肥已至津聞余至約午後談詢海防及東北兩路情形意甚懇懇余不知兵唯主用人之說謂請

御宜擇賢員戰將輔之北路須明邊兵海防須練水師頗承宵可聞北洋未与專餉海防經費歲僅得三十一萬淮軍餉歲僅支九箇月均無貧和無寡是在樞臣計臣耳

初六日晴

易舟而行至陳家溝則河道淤淺幸昨夜塌河淀上壩已開舟行淀中順風甚駛舟人武姓靜海人不如前兩次舟人之熟嫻也夜泊蘆台

靜坐檢近思錄改過克己篇閱之擇數則錄爲韋弦　明道先生曰治怒爲難治懼亦難克己可以治怒明

理可以治懼王文勤公嘗以治懼四對此語莫如自備書以自警伯濟文勤孫增也復書以勖余竊謂余之病在怒不在懼不如易克己可以治怒屬文勤公孫可莊修撰更書之　堯夫解他山之石可以攻玉玉者溫潤之物若將兩塊玉來相磨必磨不成須是得他箇麄礪底物方磨得出譬如君子與小人處為小人侵陵則修省畏避動心忍性增益豫防如此便道理出來閱此覺尤愆俱消寸衷冰釋　謝子與伊川先生別一年往見之伊川曰相別一年做得甚功夫謝曰也只去箇矜字曰何故曰子細檢點得來病痛盡在這裏若按伏得

進箇罪過方有向進處伊川點頭因語在坐同志者曰此人為學切問近思者也問上蔡才高所以病痛在此朱子曰此說是○謝氏謂去得矜字後來矜依舊在說道理愛揚揚地矜字病根甚大宜自克也

初七日晴

順風夜至豐台表弟孫三鎮秦及車夫吳八已在鎮相候同孫三入街市小步貿易之家多懸洋燈商人無不以洋藥勸客者地近津沽俗趨浮靡可慮也余為陳說先輩儉德用砭鄉愚坐徒面從而已然亦姑存藥石之言以待有志之士相与挽隤耳

初八日陰午後微雷

由豐台車行四十里至家於　靈坐前行禮悲淚難勝少定命蒼兒行禮四元見都還唐山後於初四日先歸故廬一切均布置井井矣冒雪至各門尊長處問候

初九日晴

同四元至六房莊新厅敘閱一週始返族中長幼相繼過談至夜分始散

初十日晴

族叔訂彬賈于建昌詢糧價小米五千六百高粱三

千八百麥四千每石重四百二十斤當二石之數又
有賣於赤峰者云黍價每石錢八百每斗重二十斤
建昌錢五百為一千赤峰則足陌也

十一日晴

至新塋閱視界地作柵以便堆積木石
聞棠文山作熱河都統操守甚清而於整飭吏治
殊不得法兵米一事延樹南革去米局承攬之
弊以銀一兩四錢作一石米價發兵自購文山矯
延之墨亦奏復舊規尤拂商情此何異司馬公
之改善役哉近年滿洲蒙古之才已極乏當儲

植以備干城腹心否則殆矣

十二日雨晴

寅時聞北延表兄玉田孫寝恒祀土神行禮時春風甚大微雪灑空佩綸隨四兄敬詣墓左禮成始返鄉間富厚之家喪事專務奢靡題主祀土神每延貴官巨紳當之厚幣往聘輿從招搖過市以為觀美茲與四兄議均一遵禮而行以孫君篤孝友愛特延之莅祭執事皆宗親姻戚皆鄉望者年既合有事為榮之意亦寓國奢示儉之心吾鄉後起庶不以為儉為非禮耶歸

後雨止

十三日晴

唐山送新報至燈下閱之擇其與俄事有關繫者錄數則 外洋電報云俄國近又有人聚衆同謀欲用棉花火藥轟毀王宮事隨洩人亦就獲 德俄兩國於滔拉士地方會議因語言不合竟至用武俄已調兵數十萬至波蘭地方屯劄西十二月十三日 西報言近接俄國西十二月來信報稱俄國現在派往霍薩克馬軍四隊約計三四千衆自阿俞伯克啟程前往中亞細亞所屬各境查阿俞伯克為通中亞細亞總匯之區

西南則至米爾弗東南則至阿夫干東路又通伊犂此次調往之兵正未知何往耳十四日 昨閱西報知俄人近在瑞典國船廠定造全鋼輪船一隻機器馬力一百匹欲在昔比爾及中國庫倫口外北海地方貿易先將船料分造載入他船運至北海後年春初當可駛行云查北海實則大湖各河水匯入者二百餘處其消水則流入安加勒阿北河流急冬冰貨物須以冰車濟渡春夏始鮮陸地十五日 吐谷曼游牧部落向處裏海之東其酋長則居於米爾弗俄兵往剿為吐谷曼人所敗茲聞俄皇命大將考甫曼於明春攻其

後復派一軍自裏海攻其前吐谷曼往駐阿夫干之英
官乞援倘事不濟即往印度求援說見西報二十日
十四日晴
脩西門葺墻垣竣先塋木石甎土均備谷甥夜話
家事淒然相對者久之
十五日晴
表甥之子袁貴自都昇墓志石至得南皮前
輩書聞南皮已升侍講矣
塋工始興請從兄佩續往督役作土甚堅而潤澤
細緻土人均以為環村十數里無此土色也

十六日晴

十七日微陰

同四兄往閱塋工掘土三尺餘於指示處得周元熙寧錢各一枚

十八日雨

十九日晴

遷柩前期族人設祭弔客不期而至者甚衆連日悲泣勞乏人甚不支

二十日大風

廬舍甚危悽愴之至先人游宦十餘年敝廬

如此清恐人知思之良為愴然家聲負荷殊
難也徹夜反復不能成寐
二十一日晴無風
辰刻發引奉　府君及先妣柩合葬八戶莊東
新塋　生母暨庶母祔葬之婦室於墓左第
二穴天氣晴明工作堅固從形家言庚山甲向
兼酉卯一度以戌正一刻三分三秒安位終夜告
封隧則倚廬起則負土深恨不能相從九原
與四兄握手悲號有悵悵無依之痛
二十二日晴

居墓旁廬舍中

二十三日晴

二十四日晴

至墓廬歸之 先祖塋吉窆復至新阡行再

虞祀遣眷兒先返都中

二十五日清明晴

同族人至祖塋祭埽叙六門譜系

二十六日晴

二十七日晴

四兒回唐山同載住礦局中

附齊家陀至唐山所過村莊

大容各莊　阜心莊　于林莊　有河

翟莊　後辛莊　小元莊　八心莊

劉户心莊　過小黑龍河　張家達莊

二十八日晴

至缸窯田表弟慶謙宿東缸窯秦履安甥壻家

中　缸窯距唐山十二里家多業陶者壘石為垣覆以碎甆殘甎鐃有野致履安所居曰東缸窯去田氏又五六里父寄商年六十四敦厚古拙履安娶谷氏姊女生四男三世聚居真率有味令人深羨其人倫之樂

便覺桃源猶在人間吾輩動遭憂患欲買山而隱作樂志之論賦閒居之篇豈可得乎中裹根腦者久之甥女請名其子命之曰庠度廉庚四子之師曰王秀才葆森劬於讀所購登瀛社稿文有余作曰慕子久讀子文爛熟矣余愕然出文見示則贋作也余感其意為論向學之道秀才頗奮勉余期秋後再過秦氏證所業焉

二十九日陰夜雨

巳刻飯北米三巷較南尤腴恨吾鄉富民不務耕稼耳未刻還礦局有曾溥者因四兄來見曾粵

人在外國讀書八年己卯始返甚有志於文翰約之同至蘆台曾居精化學有聲於外國日來攜之同至此畔觀西人機器每事詢其用法答對均有條理

三月初一日晴有風

啓行至津四兄攜曾溥送余順道溯陡河夜宿王蘭莊客店行六十里

過韋家莊有新修精舍一區榜曰靈覺寺為莊中趙舉人萬全及其姪鈞鑑所重建者趙氏於姚家油房兩莊設義田贍族立碑于廟以垂久遠有

亭曰椿僊則趙甯扶乩於寺亭為仙所並樹一石
刊先賢言乎及呂仙此語可謂謬妄不經鈞鑑為
富不仁奸詐欺騙其建廟也云有神降夢使然或
曰萬金賢而鈞鑑不肯故一寺之中邪正雜糅如此
也趙鑑新選廣西一令家因漢軍豫邸莊頭

初二日晴大風

王蔺莊五十里至蘆台欲至北塘風大不可晚余登
舟

初三日晴守風

因蘆台換船從礦務分局借新報閱之四兄及

曾溥歸唐山夜風定放舟行三十里宿小河口
初四日晴
泊埭頭日將莫矣上岸閒行測看水勢
去年今日芷鄉自其母家吐血歸思之愴然芷鄉
言將嫁夕夢萬騎環列步上一高臺臺上立一人狀
貌肖余戊寅冬芷鄉趨閣中倚畫几謂余君必貴
惜吾不及見矣余猶臧叱之曾幾何時都成陳迹
悲夫
初五日晴有風
巳刻到津泊新浮橋側詣睪民設知譎卿在津夜

藹卿來舟話得家書知蓉舫病不能入都應試

初六日晴

詣合肥遯任節署中午後合肥來話張藹卿來盛旭人驗道康有密陳防務疏大略言水師南北洋二路每路鐵甲船二快船蚊碰船四號水雷船八號自造根礮船八號再益以長龍船魚雷護守各口礮台以為後路水師就外海水師挑選選宿將二人為統帥近有名洋將為教習優其廩祿毋重其事權餘參用出洋學生北洋以大蓮濱為坐營南洋於福州廈門之間凡船隝礮台水雷阻樁皆須籌備陸師三路新畫張家口東三省張家口五六

千人東三省三萬人

東三省用淮皖軍二萬湖南湖北江西軍五千本地兵五千而大致歸於減兵增餉其他節餉用人迄限率多窒礙之說

餉 戶部籌二百萬各省八百萬作購礮購船之用又以五十萬作沿海電綫募商捐百五十萬退之 人才東三省不分滿漢統兵大臣必有封疆之戢 餉事南北洋專派一員兼顧東中兩路 採買派一員會同李鳳苞 定限調勇二萬五千人一月限餘三月限裁兵併餉一月限復東半年限辦成餉一月限解二百萬五月限又二百萬十月限又二百萬共二十月限解清

佩綸按威子宣襄宦直隸效於北洋事論之獨詳陸路乃陪筆錄皆興到語耳其疏中有云局中則拘守成法局外則輕議朝章事來則倉卒震驚事過則因循中止上二語有揣摩下二語有諷諫矣天下唯老吏之議論不可忽也

初七日晴夜雨

藹卿來。午後合肥幕府薛叔耘福成、趙桐孫銘來
話。薛通洋務，趙為學人。夜合肥師來話。

直隸練軍數及餉項附錄

保定練軍步隊中後兩營官弁兵夫一千一百四十一員
名

保定練軍步隊前營、馬隊右營、大名步隊中後右
三營共二千五百九十七員名

保定練軍步隊右營官弁兵夫五百七十員名

正定馬二營、步二營一千七百七十三員名

遵化練軍步二營一千一百四十一員名

馬隊中營三百一十六員名
古北口出防奉省馬步各一營一千一十員名 回兩哨 上年十月撤
古北口練軍前左步隊兩營馬隊中營一千四百五十
七員名
宣化出防庫倫馬隊前營三百五十六員名
宣化練軍馬隊中左右後四營一千二百六十五員名
熱河馬隊練兵一小隊官弁兵夫一百三十員名
直字營練軍勇一千三百三十一員名 步隊並小隊
義勝後營練勇七百三十員名 步隊並小隊
保陽練勇步隊六百二十五員名

其中親軍一百二十二員名
護勇並新勇夫一百五十三員名　大建五百八十兩五錢　小建五百六十二兩○五分
寧字營步隊六百九十員名
又馬隊四百一十二員名
又馬十隊二百五十一員名
又步小隊一百二十員名
凡練兵馬隊十一營步隊十七營又練勇步隊五營馬隊
一營又馬步六小隊共三十一營六小隊一萬六千一百九十
員名　大建支銀八萬零四百九十五兩八錢八分九釐小
建銀七萬八千一百四十二兩一錢八分二釐七毫

初八日晴午後雨

顧曝民張藹卿同来夜作書寄孝達借薛叔耘日記觀之即走答薛及趙桐孫遣郭順回唐山寄四兄書

初九日晴

午後合肥来話論永屬私鹽縣難整治以韓果靖公曾力止之不忍苛於零星小販也韓之言當不妄

初十日晴

午後薛叔耘来趙桐孫亦至合肥約同至電綫房

聞七姑信頃刻而至電綫旱路價省水道較費

十一日陰

至暻氏處談夜合肥來話論及水師將才現在鎮東鎮西鎮南鎮北四船統帶曰邱寶仁曰鄧世昌曰劉步蟾曰林泰曾以劉為最優丁雨生論張成近執呂翰近猾劉步蟾近粗林泰曾近柔薛超英較為純粹而年過輕伯潛稱嚴宗光者器識閎通天資高朗合肥已往閩調之來津矣談及俄事以將士均氣盛同心猶堪一戰並以余能勝關外日為將領心定氣壯千古有之余知合肥

秦喜薦舉因力拒焉此皆余鋒鋩不斂之病也

十二日晴

潘晴軒來談

十三日晴午後微雨大風

藹卿來訂明日觀海合肥允以鐵龍輪船見假

夜作孝達書合肥來話宣化王總兵請分防獨石

口及多倫諾爾兩合肥論軍事期以兼顧北路合

肥謙讓未遑也

十四日晴

午刻合肥來話旋登舟南藹青同至大沽二百二十

里一點鐘行七點鐘到大沽協副將羅榮光來話

十五日晴

晨起至南岸礮台閱視羅副將邀飯飯後渡至北礮台大沽五礮臺南曰威鎮海北曰門高口門東向敵船入攔港沙後須由威字營曲折而鎮而海南岸較為喫重口門寬八十餘丈地勢天險可扼唯礮台均雉牆頭露用三合土而不用泥沙外無斜坡恐難受礮羅協體肥頗事酬應亦恐非將材臨敵須用大將督陳也礮則以後膛克虜卜為最大礮子來福五十四磅次前膛瓦瓦司中國聘馬格里所選

鐵礮不佳銅礮尚可用凡五營有礮二百三十餘尊兵及礮手二千餘人內有水勇二十人能伏水中數刻之久舟折回唐児沽東行二十五里至北塘南岸礮臺通永鎮唐仁廉守之試克虜卜礮甚震唐與鄭子美軍門不協有自危之意

十六日晴

曉起登臺觀日出渡至北礮台總兵吳育仁守之吳淮人不及唐之勇猛矣閱畢回唐礮台飯至唐児沽三十里至新城入北門（曰鎮遠門）有督臣行轅合肥創奉建東西北三門外皆有礮台旋轉而入

高七丈餘周圍傳屯田于此南門外水田六萬
餘畝均有規模飯後回舟七點鐘回節署藹
卿回天津道衙夜合肥來話

十七日晴

藹青來歸庭鍾至合肥來話夜至藹卿舟中送
行時將還都下四曾劼剛書來言出使俄國之
難吳清卿書來知初九成行錄鼎臣奏請於松
花江造船板調唐仁康郭長雲命楊岳斌保水師
宿將此君全不知兵可嘆也

十八日晴

丁雨生書来有欲出之意以為合肥辦糧臺
為名實在兩江一席又有致總理衙門書多
迎合之語悃竭之詞余至合肥處略語

十九日晴

黎召民書来以嚴宗光不能即到見覆嚴佑潛
所薦士也合肥来語

二十日晴

夜雨合肥論事甚暢薛叔耘以所作古文見示

二十一日晴

郭提督松林見過詞鋒靈敏之至

二十二日晴

美領事云俄人深以中國廢約為恥其端必開傍晚合肥來語粵匪之亂創辦團練之說倡於呂文節公於湖南則爲湘鄉於安徽則以合肥自隨卒之文節殉難而平賊者皆由團練倡始公亦可謂能以人事君者矣文節以言事受知

定陵其時祁文端秉政貌託知交心實忮刻於曾呂詢多掣肘呂之不獲柄用祁有力焉辛亥試浙江壬子典京兆黄漱蘭張香濤均出其門二

君爭大統論俄約一時直聲藉然不媿文節
門下而文節之婿中摸索獨具隻眼亦可想
見世多以黃張為吳江門生噫豈知文節為吳
江同使浙江沿途相處早有微詞耶

二十三日晴

晨起甚悶至曝民處略話午後得家書知安姪
婦於月之初七日下世金雨安圖一年之期均有騎箕
之感亦奇矣中懷悵觸不能自解作書覆安圖合
肥來話論用人得失語不甚合夜大風

二十四日晴

薛云耘趙桐孫約同游海光寺機器局局員王筱笥德均中國已能自造電綫水雷洋槍銅冒各種槍子學徒天津人多余登臺親試水雷二電綫甫發雷聲已震一瞬真可千里也得孝達書

二十五日晴

余建議欲令曹克忠至張家口外募練邊軍合肥然之而曹昨日入謁力辭合肥以余謀告今日余甫起曹至人甚有權謀余以忠義激發之始諾因與合肥參語定議令曹先往審地勢簡將至提鎮非重臣即不能驅遣新出治軍之儒吕宜審

之也又得孝達書

二十六日晴

余欲還都合肥留待清卿夜請合肥定北洋水師規模以阻浮議戒因循合肥遜以相屬談次及進退人才事余以為此本朝強弱之機未可委諸天數合肥瞿然

二十七日晴

曹軍門復來辭行走答之連日肝氣發夜不成寐

二十八日晴

清卿來談吉林事午後詣合肥略語以清卿欲
邀余辦吉林而合肥期以明年就決行止良久始
定至河北答清卿過晤民夜登舟

二十九日晴

行一百七十五里住王家浜作寄夏壽人師書
夢中爲人作一聯甚奇將醒而忘之

三十日晴甚煖

王家浜去河西務二十五里沿途灣多水淺舟行不駛
舟行至香河作寄安圃書節錄之
姪體耐辛勞氣亦壯往天津此材必將有用然近年

年為境遇所折磨豪情積減氣體亦差今夫既割其兒女之私正欲磨鍊才將使之出匪若試之艱苦之地盛氣漸平議論均踏實不亂則所造正未可量若遂委靡不振坐以待斃固非所以慶已而徒恃血氣之勇不能下人亦未足以成才海防自大沽北塘外由豐潤黑巖子至山海關計十餘口雖沙多水淺與不過重之洋船雖不能入而無人扼守隨地可以上岸兵分則力單備疏則心怯建議者或曰造小根鉢輪船以梭巡或曰創團練以保衛但小輪船由外海行走則敵舟在攔港沙外正可用礮轟擊由內河行則河

皆於淺不通團練則沿海村落甚少或七八里或十餘
里有一二僻小莊戶而已設之鎮市誘敵登岸而擊之
庸有濟乎佩綸之意莫如沿海屯田濬河河既設險
田可贍軍以策行則團練巡船均可次第舉辦前為
合肥談及頗以無屯丁無經費為辭佩綸委曲進
言意為之移但其後未敢竟言者地在京東事須紳
士欲求督理屯政之員合肥意在吾族姪於農工水利
頗知窾要以此議為然否煩詳計見復也

見君子日箋卷八

庚辰九月初一日漱蘭過余以將離關下欲極言時政得失以副宵旰求治之意余請其怡少詹以變法儲才立論而余意合其大端有七曰變總理衙門之法曰變沿海營汛之法曰變關鹽榷稅之法曰變京官考試之法曰變武科之法曰變東三省專用旂員之法曰變各官學之法余甫游宣化歸因言君既論關東左相亦議郡縣西域則北邊亦宜亟矣明防蒙古故以宣大為重防近論者猶以開平諸衞撤戍為非我朝內外一家而其近防宜大不如遠防塞外孫文定公於乾隆間請於開平興和添駐滿兵方望溪亦主復三衞誠老成遠

識也今俄人通市恰克圖以利誘四愛曼其汗皆有貳心其部落皆有深結而我駐庫倫大臣率以充貞謫宦處之無兵無餉烏科兩城僅宜大換防兵二百餘人恃將軍以下使令猶且不足此豈可以為常哉議增烏里雅蘇台之戍則宜屯田推河以便軍食復於庫倫設重鎮屯勁兵河魚山炭足應取求近則購米於土謝圖部之伊琫各處遠則徵糧於多倫諾爾烏蘭哈達漸復三衛裕民墾田督兵游牧使漠北數千里郡邑相望十年之後成效可覩也少詹韙其說擬采以入告願執政一審度之

初三夕高陽師聞余將出都約過師邸時曾使方請

俄主曰回布策而凱陽德以布策已至紅海難於折回合肥致余書及之譯署未知也師聞余言愕然曰布策不歸奈何曰此國之利也劼剛抗命畏俄果於自用使南布策迄納終不能存國體饜人心明甚佩綸唯懇布策不來不懇布策之來也高陽壯之

初四日甫蔡輔臣吉士容舫姪出都輔臣同載至八里橋顧輔臣曰此可守也僧邸何以致敗輿者曰君不見某公墓樹乎僧邸將戰先期命農家皆剷新禾守冢戶皆剷林木於是十里之內一無障蔽意欲使騎兵馳逐反為英人所乘遂致敗績今他冢均植新樹惟某公墓樹皆截頂望之慘然

初七日舟至天津三岔河合肥遣弋什哈邀談時鎮北各船均
歸提督丁汝昌管帶陰奪許鈐身權大沽礮臺以總兵劉
祺協守潘撫部鼎新駐新城李軍門長樂駐蘆臺銘盛
兩軍為游擊之師合各鎮練軍近二萬人津防較密合肥以
言者過詆淮軍曾亀分守榆關昌灤散而無紀語涉憂憤
余以修已之說進合肥韙之因思余已卯十二月上合肥書勸其
以東北兩路自任使從余言何至使曾亀撓其柄哉亀軍新
募烏合久處畿東悉將溺擾曾成毅神采枯憊兩足痿疲
誓不出榆關一步見者失望合肥問余有何良策余曰七月以
後政府言路議和議戰步驟均亂矣以愚見論之宜一以北

洋全防責公公宜從吳劉軍門銘傳駐錦州以固陪京令曹軍門克忠駐煙台護三鎮之兵汰弱留强以固山東藩威毅歸太原鮑春霆宿將難制宜請朝命改授古北口提督陰受鈐束如此則臨戰犄角相衛久防亦首尾相維三口應聯為一氣乎合肥日如子言春間行之事集矣

初九日晤幕府薛叔耘詢鎮北各船測量各口水道深淺尺寸沙壘田無口水深四十八尺清河口水深十五尺牛莊口外攔港沙上水深九尺口內水深二十四尺至三十六尺不等胡盧山口門水深六十尺口內水深二十二尺黃牛尾水深二十二尺在會灣口內螞蟻島水深二十五尺在會灣口內皮島無口門水深三十尺大二三羊頭水深二十四尺有小窪名羊頭窪水極淺旅順口口門水深十五尺口內水深二十六尺小平島口門水深一百十四尺口內水深二十四尺大連灣口門水深九十尺口內水深二十七尺海洋島口門水深四十八尺口內水深

二十一尺煙台水深百六十尺至五六十尺不等按測量口門水則宜兼潮汐長落而言此許鈐身所禀較鄭軍門榆關日記疏矣薄暮送輔臣容舫至紫竹林時係大輪船已至因秋深潮淺擱淺沙水僅九尺船受水十一尺不得入須候大汛

十二日輔臣容舫放舟合肥招余節府以往仍下榻舊處時合肥奏設電報由上海以達天津北洋主之由天津以至通州總理衙門主之余謂設電報當別立中國字以杜漏泄合肥曰劼剛已行之矣其所纂電音可一馬數字北洋總署馬既不同即難辨識劼剛聰穎有餘惜乎急功利喜攀援耳合肥又欲開鐵路自鎮江轉漕後由揚州直達京通歲可

節漕費百萬一旦海上有事陸運捷便無虞乏食而徵兵轉饟亦益迅利其款可貸之法人云余以為果興鐵路必自邊境始今日之勢西域為首關東次之漠北又次之其地曠人稀事前無紳民阻撓事後使商賈利賴屯兵四出應援可免饋運之艱風雪之苦邊境有故然後推行腹地事半功倍矣合肥韙節以為名論

初四日孝達以吴清卿書見示其略言前月創練一營親督將士服習勞苦滿山風雪支帳而居不敢自耽安逸與鼎公商委三統領均尚得人戴孝侯統馬隊二營步隊三營駐三姓之巴彥哈達副將郭長雲統馬隊二營步隊二營以三營駐琿春一營劄琿塔適中之地副將劉超佩統馬隊一營步隊二營駐甯古塔省中留劄馬隊一營亦由孝侯分撥哨官數員營制悉照湘淮舊章勇則兼用西丹官則兼選旂員為東省開此風氣他日練成勁旅必可為烏喇東邊之屏蔽軍火費四萬金槍礮子藥目內可到不至徒無把握喜桂亭參贊疏請募軍五千

徑劉瑋春年內斷不能集事於此中條理全不明白徒糜餉糈恐無實濟請飭各域副都統預選精壯及嫺熟槍法之甲兵蘇拉西丹其意專用旂兵不知平日未經操演亦並無器械安有熟習槍法之人其難項一也不求將才而貪多務得五千子弟非數十員不能統率安得如許可用之才其難項二也近来車大舍洋槍洋礮無可操練津局不能代購滬工無從設法神機營即有存械至多撥槍一二千桿器械不備何以成軍其難項三也瑋春無糧可買無錢可換（市上交易用布不用錢）無木植可采（山中大木極多，距瑋春一百四五十里非車馱不能運載）無車路可通無馱騾可顧不蓋營房無以禦風不先運糧無以資軍食郭副將所募千數百人已有轉餽維艱之勢若驟五千將士麇集偏隅該何容易以吉林本地人而不知吉林之地勢情形其顢頇四也鼎臣書亦慮彼此各樹一幟不能由我兩人呵成一氣俟其到省會商辦理於專須琿春練軍五千大可獨當一面擬將郭副將四營調劉甯古塔劉副將三營調至三姓則三姓亦有三千餘人桂亭如能和衷商榷固所願也松花江上下游淺深寬窄夏間曾派專員由吉林順流而下至黑河口直抵烏蘇里江口止探量水勢造具清冊送七月中親自泛舟按驗江流深淺亦不能準兩路淺灘甚廣中流節節沙洲（土語謂之通）數尺之間或深至丈餘或

淺至一二尺如舵工不熟水道駛入岔流雖小舟亦有擱淺之
虞論其大勢伯都訥城北至三岔口有極淺之處十餘里現
在設立水關之巴彥通江面寬窄其深處不過五六十丈
之寬擬於今冬封江以後即就江邊大石搬運數十塊堆
積冰上春融凍解石沉江底必可阻遏輪船自此以下至黑
河口江面愈寬夏秋水漲深至兩丈有餘更無險要可扼
每與營中芬哲人等細訪水路情形最為熟悉但恐先
其通商俄人必以芬哲為嚮導亦可無虞淺阻或用小
輪船上下駛運亦不患無路可通特人皆以俄人句結金匪
為可慮其實金廠與俄界相距甚遠窮民本無可用大

羊鴣形鵲面成遇匪黨入山搜括一空並此微利不保密查
三姓境內太平溝樺皮溝兩處金苗不旺偷挖無多無煩
駐撫所可慮者赫哲部落半隸俄境其人驍健善騎熟
習鳥槍偽俄人為老羌近年頗受老羌籠絡三姓旗官及
鋪戶人等皆以赫哲為可愚不免倚勢欺淩以貨換貨無
不大占便宜大激結以恩信始為我用敝意所謂之赫哲不
過二百人擬為添設兵額仿旗營披甲之例酌選三四百名
設協領佐領管轄之無事聽其漁獵有事守望相助為
三姓捍衛使界外赫哲聞風嚮慕已商之鼎公不日疏陳當
蒙俞允三姓可墾荒地甚多現與長潤生都護商議招

盤踞省附城百里以内為旗官旗民設屯之地其餘南路
東南路各處山溝膏腴不少已屬暴民隨帶佐領二員
前往履勘惟距城較遠民戶寥寥丞其不甚踴躍琿春
彈丸地距省一千四五百里由省至甯古塔八百里尚通車
道由塔至琿六百里實有七八百里無驛無店重山疊峰中有居
民兩三戶林木蓊鬱無人刊伐離琿百四十里即興樹木輕車簡從亦須
裹糧以吉林地勢論之琿春既不通海亦為內地隔絕即俄
人有意侵占尚為大局無關但都納則為三省咽喉四通八
達若松花江恣其出入黑吉兩省無法防守兩害相權則從
其權此鄙人之私議而未敢形諸奏牘者也惟琿春由高

麗脣齒俄據琿春與高麗毘連斷有蠶食之虞患不在目前而在日後至吉省之藩籬棄一琿春不足惜棄一松花江不堪設想矣佩綸觀清卿此書布置有遠勢興建有永固良可欽佩惟論喜桂亭四端殊失之苛琿春屏蔽高麗即所以屏蔽吉黑喜桂亭正洞悉形勢力爲其難耳詢依克唐阿等求將材矣在津購來福槍三千桿選軍大矣祈將專用旗兵固豐鎬之舊風亦湘淮之近例也安可以此而議其瀕頃哉

初五日得群叔耘書知俄海部伊沙士基之至海蔘葳實欲於此設一重鎮蓄謀在二三年之前不僅因俄約而起從

此卧榻之前有人鼾睡利則進而退則守東三省其發〻于東防之論主會宗先倡之　惠陵上仙時嘗上書高陽尚書力言極論高陽以示文文忠文忠韙之而覺其言之太亟也第命崇樸山尚書從陪京無經略退同左右意文忠既逝文勤亦以高陽復以憂去言者不復措意關東矣余以丁丑冬曾論邊防及之政府不省然籌計之主會立論之時正俄人垂涎之始由實從薪真老成遠識哉聞主會太夫人之喪念其家事頗艱悲褱為之低徊不置

出塞日記 光緒十一年乙酉

四月初一日宿宣化

初二日至張家口敦陞店萬全縣知縣張上和來見浙江仁和人字沚蓴難蔭知縣

初三日往見署都統永德字峻峰叅領景棋字介臣

初四日永都統來答 張口同知褚瑨來見字文軒湖北舉人

初五日景介臣來 派頭臺効力察罕託落海

初六日報出口到臺

王粲從軍詩許歷為完士一言獨敗秦李善注完

謂全具也言非有奇也論衡曰西門豹董安于誠為完具之人能納韋經之教也淵鑑類函引此完士今之四歲刑士也不知引五臣注存記之備攷　漢書張蒼定律諸當髡者完爲城旦舂滿三歲為鬼薪白粲鬼薪白粲一歲入於隸臣妾隸臣妾一歲免為庶人完士似作刑士為得解說文寬古文完字宜(疑)完為城旦之完即寬宥之寬也

初七日晴

初八日往見紹都統祺 字秋皋 紹以余不拜臺負頗致規諷其意良厚然余被譏以此若盡没其素守以

求合於羣不逞之徒非艱貞之道也

遣楊啓泰賫振滕回津合肥琴生均有書附寄

閻書二伯潛寄牛乳餅周子玉謝韶會都下書四高陽醴陵南北兩宅兩弟書

冬一

午後急雨一陣

晉書和嶠傳太傅從事中郎庾顗見而歎曰嶠森森如千丈松雖磥砢多節目施之大廈有棟梁之用庾敳傳敳聚斂積實都官從事温嶠奏之敳更器嶠目嶠森森如千丈松雖磥砢多節施之大廈有棟梁之用長輿太真

名同以致複載亦疏矣

初九日時雨時止

晉書疏誤特甚直齋書錄案唐藝文志為晉書者有王隱虞預臧榮緒謝靈運干寶諸家太宗以為未善令偶檢陳志裴注及文選李注所引各書尚較唐書詳核

初十日晴往答褚同知庚辰偶游張堡略識塞上情勢三廳改用滿漢並補即余議也孝達推之於山西七廳墾荒理訟邊人便之嗣後條請議治合河口余

據郡志乃止其徼在西寧州撒游牧羌在譯署則
禁餓殍也八年壹誌大旱疏請振貸以數万余
饕忘之而邊城吏民猶能道其事今日重來為
之慨帽不置夜不成寐

十一日晴

寄家書附張未憲書述湖之別感賦長句録奉
清鑒塞上聞有山寺可游坡云每出勞人不如閒處有
味謫居深味此言也通惠河魚頗美猶杏嚴瀨松江
遠甚邊鄙亦枯鱗不可得正當以羊酪抵尊

羹耳

唐張鷟號浮休子宋史張舜民字芸叟自號浮休居士何張氏之均恬浮休也

十二日晴

十三日晴 晚龍松岑來擬撰李申耆地理韵編借口北三廳志

十四日晴 作書甚艱窘

十五日晴

近人書有似雅實俗者如言銀錢三百則曰毛詩廿四則曰花

信之類偶閱山谷尺牘致向宗禹一則鮮自源閱中文行之士閒兩三到門非乃幸一見承有哀王孫之意不識能割甫田歲取之數否如不能則自幫至於成湯亦佳也又不能刻盤庚從民涉河猶可著乃衛文公之騋牝叁何望哉聯篇謎語廋詞閱之噴飯蓋吝者當財貧士求助文節不得已而以妙語解頤耳豈可據為典要哉

十六日晴

寄家書南北各一函

十七日晴午後陰

肆書無所得學山谷而病似坡不能雙鈎懸腕奈何

十八日晴 午後風霾作雨不成

得都下家書內人病未愈書十二日 甚悶

十九日晴

撿閱邸報朝邑乞病賞假十五日聞和約猶未定議

寄家書

歐陽公研譜凡瓦皆發墨令見官府典吏以破盆甕片

研墨作文書尤快近人率以銅盒貯墨更快於破盆甕

片而館閣及士人遇殿廷試率用程君房方于魯磨

墨汁一試費墨不知幾螺亦松滋浩劫也

二十日晴

二十一日晴 午後倪豫來信知粹玉病日增遣褚福書隸

並寄邊潤民師書 作家書南北宅各一 附寄合肥高陽

書

二十二日晴 褚福早行 是日見邸報查辦軍臺恩

詔兵部奏奉

諭佩綸軍務獲咎毋庸查辦

二十三日晴

二十四日晴連日始有夏意然猶袷衣也

午後龍松岑來談言玉皇閣有經幢有字而無年月乃官呈署張廳同知時自塞外輦來者龍去張令至言甚雜惟言隋碑一通在完縣擬託勞玉初搨贈云

晚得合肥書九日方到和議已成事由赫德電商法國定約合肥及兩使簽字而已

歐陽公有辨左氏一首不取外傳柯陵單襄論晉厲語謂目容知心聖人不能反復讀之不解公命意所在

殆少作耳

二十五日晴

往答張大令龍戶部 約小坐即返

寄家書 附九弟及許鶴巢書

二十六日薄莫雨 連日天煖可衫 寄復合肥書 交驛遞

二十七日晴

椿壽賜冀外部過此

二十八日晴

和歐陽文忠班、林閒鳩寄內詩

二十九日晴

讀莊子漢書敘傳嗣雖修儒學然貴老嚴之術桓生欲借其書嗣報曰若夫嚴子者絕聖棄智修生保真清虛澹泊歸之自然獨師友造化而不爲造化所役者也漁釣於一壑則萬物不奸其志棲遲於一邱則天下不易其樂不絓聖人之網不齅驕君之餌蕩然肆志談者不得而名焉故可貴也今吾子已貫仁誼之羈絆繫名聲之韁鎖伏周孔之軌躅馳顏閔之極摯既繫攣於世教矣何用大道爲自眩曜昔有學步於邯鄲者曾未得其髣髴又復

失其故步遂匍匐而歸耳恐作此類故不進 敍傳稱嚴子避上諱而藝文志仍書莊子五十二篇不諱

三十日晴

子涵臨行贈余柳河東集附龍城錄明郭氏刻精本也

直齋書錄謂唐志無此書蓋依託或云王銍性之作山谷內集其甥洪氏兄弟所編斷自退聽堂以後而直齋曰進德堂以後直齋不至誤聚珍板失校耳

五月初一日晴

得家書 已刻褚福而歸攜瓜壺菓蔬甚豐

曉颿書言都下傳言余賜環往勘琿春畔數日始
已
得八弟書劉巡撫檄辦台州海門釐捐
初二日天熇熱午後雷雨
離騷吾令豐隆乘雲兮求宓妃之所在兮建本之作洛神
賦盛年莫當良會永絕皆自喻也潛處太陰寄心君王
明明道破矣乃無端造感甄之說誣謗陳思在甄氏雖
再醮之婦不可言貞而思若有靈以穢塞口寃恨以沒
亦何暇蒙羞自薦陳思處讒畏譏明禮知義即有

悦忽夢寐之遇亦安敢撰為詞賦自取誅夷耶記

極庸妄或即鄭后等所造之謗李善采以入注可

云無識余故表而出之以雪甄后地下之冤以洗陳思

不根之謗是亦史遷於陳平傳先叙盜嫂之意歟 衍儀 樵書

不多是說當有發之者如無人拈出當作一文闢之

初三日晴

枯坐甚悶作悼鳳詩

初四日晴

得章琴生同年書附詩六絶李仲彭孫闓如均

有書

初五日晴

賜兒山有泉兩泓上注者曰歕玉仄出者曰汎珠命僕汲泉品龍井茶味寒冽

後漢王霸傳盧芳與匈奴烏桓連兵寇盜尤數緣邊愁苦詔霸將弛刑徒六千餘人與杜茂治飛狐道今蔚州飛狐縣北通嬀州懷戎縣即古之飛狐口也堆石布土築起亭障自代至平城三百餘里凡與匈奴烏桓大小數十百戰頗識邊事數上書言宜與匈奴結和親又陳委輸可從溫水

漕水經注曰溫餘水出上谷居庸關東又東過軍都縣南又東過薊縣北益通以運漕也以省陸轉輸之勞事皆施行○趙氏一清論㶟餘水以此注為傳寫之訛且以竹垞先生援此注證溫水非無據祇為不學之甚博如竹翁乃以不學祇之措詞亦太過矣

初六日晴 至米市街卜居不就

復琴生仲彭書

郎顗七事凡九二困者眾小人欲困害君子也經曰困而不失其所其惟君子乎唯獨賢聖之君遭困遇險能致命遂志不去其道章懷注易困卦曰澤無水困君子以致命

遂志困卦坎下兊上坎為水兊為澤水在澤下是為竭涸之象故以喻困致命遂志謂居于委命固窮不離於道也 近孫淵如集解亦未及此但史徵口訣尚引用重襃所注必本舊説似亦可采

初七日晴 都司王金榮自津來言四月廿七日与法使約

蔡邕徙朔方上書奏其所著十意章懷注猶十志也棄桓帝諱志之字曰意耳注未明

得葉于晋書又得倪僎等稟

閻相初一二病歿

初八日晴

初九日晴夜有風

得再同書

初十日晴

寄安圃書

莊子魯有兀者叔山無趾踵見仲尼仲尼曰子不謹前既犯患若是矣雖今來何及矣無趾曰吾惟不知務而輕用吾身吾是以無足今吾來也猶有尊足者存夫天無不覆地無不載吾以夫子爲天地安知夫子之猶若是也孔子曰丘則陋矣

夫子胡不入乎請講以所聞無趾出孔子曰弟子勉之夫無趾兀者也猶務學以復補前行之惡而況全德之人乎讀之有感

午後張沚蓴來言錫鄧兩使初二到都復命

十一日晴午後微陰甚燠

天都司爲余賃一屋在下堡南門内地僻屋潔余往視甚愜意不必如坡公之營雪堂矣寄家書

夜雨甚快

十二日晴午後雷雨

得安圃書知粹玉病愈
錫鄧復命知巴特諾於約定後報孤拔已死託言病殁
各國言馬江之役爲陳英礟擊死初四五間有日本人赫
田顧山游歷過此踵門求見言孤拔已斃於陣張公何以在此余
屬僕輩以不見外客卻之咨嗟而去

十三日晴夜大雨
胡守三寄百金來作書卻之交琴生

十四日晴
叔濤祭酒五月端午卒于杭州故交老輩爲之感槩

代安圃作祭文一篇寄安圃書（十五夕發）

十五日晴

晨起得合肥書言潘伯寅尚書過津入都時有

旨命李左曾彭張楊籌議水師合肥將以無人無財復

奏云

得伯潛書（四月廿三日寄）

偕僕人行菜畦中晚眺

十六日晴

挈朱存袁起兩僕赴軍臺出大境門東北行倚郭朝

陽村　黃土窰東西兩部　陶賴廟廿里過山坡　察罕託落三十里　五十

家五十里　黃花坪上下兩村凡五十家山路甚险仄　察罕託落海六十里

朝陽村背与樂山若諾黃土窰兩村緣山雜蒔罌粟花色

如錦其毒如鴆過陶賴廟半山行矣五十家皆山西榆次五

臺民遷此種青稞自給王都司爲余設食于此察罕

託落海爲第一臺在山顛臺後有一廟乾隆間立山名

曰英沙霍碑云盤龍雙鳳山臺屋三間旁屋六間均狹小

蒙古官居之蒙以候往來藩部官吏旁有蒱屋兩三帳

臺山肩頗可棲止其相沿不赴戍所非得已也嘉慶以前

乙酉

十二

豐潤張氏澗

居元寶山今山爲洋商所據土復所居流人寧在下壁矣跡宿陶賴〻廟、康熙年間立祀 關壯繆有稱松六株芍藥兩叢自境門外地皆名察罕托落海蒙古語察罕者白托落海者帽狀其稱廬之色也察罕即插漢察哈爾三十里之察罕托落乃萬全遙六十里之察罕托落海乃旗臺同一地名即陶賴亦托落之轉音若夾沙龍鳳則土人自造名字無關考證者矣于延水（清河）在頭臺之西有壩究迤而入境門道中絕流而渡者屢水或由地涌出雜滙山溪而大也縣志謂即水經之甯川

十七日晴
晨起由陶賴廟歸 得僕倪泰啓寄韓文公信碑至
潘伯寅師服闋至都奉
旨仍在南書房行走署理兵部尚書徐桐解兵尚潘光
緒八年入樞直九年丁父憂居政地三月餘
得顧曝民書曝民自走林分巡羅踈
十八日晴
作陳伯潛前輩書
十九日晴

作復合肥書明日遣戚姓兵至都共寄合肥伯潛樂山鶴巢吳子述葉子晉宗載之八弟粹玉安圃十書

二十日晨雨午後雨止沈陰竟日

得粹玉十六安圃十八書商賈聞覓急足寄書兩日而至十八書適得人便耳

昌黎與大顛書歐陽公集古錄跋尾云以繫辭爲大傳謂著山林與著城郭無異等語宜爲退之之言東坡雜說或者妄撰退之與大顛書其詞凡鄙雖退之家奴僕亦無此語今一士人又於其末妄題云歐陽永叔謂此文非退之不能作又誣永叔矣余主坡說以此文非昌黎

作口東雅據世系引攷異以跋爲歐筆親又引洪慶善辯證僞作別傳亦未跋吳源明云徐居平見介甫不喜退之故作此文觀答孟尚書簡書與之語雖不盡詳大顛身分可想矣鄧璐謂與孟簡書文過飾非而以撰大顛之辭非之爲公自取語亦太過特公以諫佛骨貶而貶所乃與僧往來幸而有孟簡書至得以辯證否則流聞都下不亦責居厚而處己輕哉

二十一日雨

錢獻之斠注地里志上谷郡廣甯下注今延慶州口廟諱下

注在今延慶州西引魏土地記大甯城小甯城爲證茹下注今興和衛佩綸案水經注于延水東徑小甯縣故城南又東徑大甯縣故城南又東南逕茹縣故城北又東南徑鳴雞山若以延慶當廣甯及口直水已逕延慶復逆流而至興和不可通矣獻之既以下洛爲宣化府城魏土地記曰下洛城西北百三十里有大甯城漢魏下洛是否一地俟考要之在居庸西北百三十里矣斷不得以延慶當大甯小甯也延慶在宣化東南其誤顯然萬全縣宣鎮志以爲楨陵固謬獻之定爲延陵應音征幾輔志以爲大甯縣志以大甯小甯相距二十里定爲兼廣甯口兩縣之地以于延逕流攷之

近是

二十二日晴

得葉子晉書

二十三日午後雨

褚同知增自津歸過我辭不見

二十四日大雨有雹

得家書寄白金二百兩爲移居計　寄皋民書

二十五日晴

得再同書寄王彛十子來

岑毓英以唐炯居官廉潔乞貸一死奉
旨嚴議
瞿子玖視學浙江顧肇熙仍以道員選用
二十六日晴
晨專使自京歸得安圃書 許鶴巢黃再同復書
移居張家口下堡南門城根城隍廟街
得奎樂山五月十八日書
閱邸抄岑毓英嚴議處分由革留加 恩改降二級留
任十八日于次棠前輩到京

龍松岑來談言游馬家渠之石佛寺有明成化石刻

二十七日晴午後急雨一陣

淮南本經訓民之專室蓬廬無所歸宿高注專特小室也余按專古甎字

羿善射奡盪舟孔馬均不詳其世朱注以為有窮后羿及浇亭林以羿為堯時羿無若丹朱傲罔水行舟傲即奡字与禹稷同時故並論之南宮豈以弒君之賊与禹稷較量朱注似不可從淮南氾論訓炎帝於火而死為竈禹勞天下而死為社后稷作稼穡而死為稷羿除天下之

害而死爲宗布此鬼神之所以立爲注此堯時羿非有窮后羿此亦堯時之羿與禹稷並論之一證也淮南詮言羿死於桃棓注大杖說山訓羿死桃部注地名莊逵吉謂桃部即桃棓說較長此則有窮后羿也

寄再同書家書

二十八日陰午後急雨一陣

柳州辨晏子春秋以劉班父子錄之儒家爲不詳宜列之墨家是也楊子五百篇墨晏儉而廢禮是楊以晏爲墨也柳嘗刪定法言者仍劉班之失而從楊之說何歟

二十九日晴早晚微雨且雷

荅龍户部小笙即返

六月初一日陰雨

夜臥聞水聲塞外溪河滙注也　遣褚福歸（福有疾）

初二日晴

得家書粹玉病頗反復復作一書寄都

閲邸抄論宣光功岑毓英加雲騎尉唐景崧花翎記名

劉永福等賞巴圖魯有差

初三日雨時作時止

寄樂山書（初一驛遞）劉仲良書　交都司王金榮　仲良有書復之

說文厲旱石也砅履石渡水也詩曰深則砅段以爲假借字莊逵吉淮南本經訓蒲呂梁注下謂在彼淇厲以例推之亦當作砅梁砅淇置石水中以渡行旅毛鄭注詩恐未得其解因許疑毛殊過毛不得解豈爾雅釋水亦不得解乎余疑砅即厲之或體故深則厲韓作深則砅禹貢厲砥元應作砅砥僞說命用汝作礪宋庠國語補引作砅其作濿作礪皆孳乳之字也以衣涉水履石渡水兩義互相發明強諸說而捐就說文亦乾嘉間說經之一蔽也毛淇梁石絕水曰梁東原以橋梁釋砅與莊說梁砅同義恐並失許意段以爲

若今有水汪甃甎石而過此水之至小至淺者邶風當曰淺則厲矣○毛鄭有若葉傳以衣涉水爲厲謂繇帶以上也合爾雅二語爲一斯爲通解段以履石渡水乃水之至淺無待揭衣與深則厲絕然二事糾毛而轉背許安知渡水者非手攝衣足履石耶經生之固可一噱也 胡給事毛詩後箋未在行篋當續考 厲作砅三証均段説文所引

初四日陰時有飄風雨

連日米價漸平不知居庸以南如何

蘇詩往山道中次韻答周長官兼贈蘇寺丞 雲巖側破甕王見

大引合注易林鼓髴破罋余按柳子厚游黄溪記其略若剖大甕側立千尺溪水即焉此蘇所本足見無一字無来歷也

初五日晴

讀書宜有程課三十以後精神不如先時与其汎覽不如專精

得家書　寄安圃再同書

初六日晴

漢武紀元朔六年詔孔子對定公以徠遠　注贊以論語及韓子皆言葉公問政今云定公与二書異余按定公是也若是葉公必与直躬章連記矣

初七日晴天氣甚燠邊人言十餘年無此暑矣龍松岑來

禮記月令淮南時則訓皆抄合呂氏春秋行篋未攜呂覽以禮

與淮南互校異字聊以遣日而已

孟春

日在營室 作招搖指寅 其日甲乙 下多其位東方四字 下多盛德在木

帝神 八字無 蟄蟲始振蘇 月令無蘇字 魚上冰 淮南魚上負冰 四字 鴻鴈

來 作候鴈北 天子居青陽 淮南作天子衣青衣乘蒼龍服蒼玉建青旗

食麥與羊 下有服八風數語 朝于青陽左个以出春令 無其完句

是月也以立春 至天子乃齋 淮南無 在前 布德施惠行慶賞省徭賦淮南

立春之日天子親帥三公九卿諸侯大夫以迎春于東郊 淮南删諸侯 迎春作迎歲 還反至於朝 淮南無 作修除祠位幣禱鬼神犧牲用牡命相布德 淮南約記於前 乃命太史至入學習舞 淮南無乃脩祭 至 毋用牝 淮南作修除云云 禁止伐木 淮無止 毋覆巢毋殺孩蟲胎夭飛鳥毋麛毋卵 淮南無毋作毋覆巢殺胎夭毋麛毋卵毋聚大衆 至 埋胔 淮省大字 是月 至 之紀 無 孟春行夏 至 不入 雨水作風雨 蚤落作早落 時有恐 作卒乃有恐 猋作飄 大摯作大雹 首種作首稼 月末淮南有正月官司空其樹楊 以下仿此不備載

仲春

日在奎　作招搖指卯以下每月日在某均作招搖指某不備載　甲乙　上下刪增如孟春　先脾　同　始雨至為

鳴　同　天子　下　倒置與孟春同　朝于青陽太廟　上仍有服八風水數語

是月也安萌芽　至　止獄訟　作命有司省囹圄去桎梏毋笞掠止獄訟

養幼小存孤獨以通句萌　擇元日令民社　綸按文同特倒置耳

是月也玄鳥至節　淮南無　是月也日夜分　至　必有凶災　淮南作蟄蟲

咸動蘇　無啟戶始出字　乃發作始發　無始電字　將發作且發　日夜分則

同度量鈞衡石角斗甬正權概　淮作令官市同度量鈞衡石角斗稱端權概

耕者兩段　淮作毋竭川澤毋漉陂池毋焚山林毋作大事以妨農功

天子乃鮮羔　至　習樂　無　祀不用　至　皮幣　同　祀作祭　行秋令至為害

同相掠作相殘　國乃大旱作其國大旱　阮校惠棟校宋本孰作孰
孰乃孰字也

季春

蓱始生 作萍始生 鄭注蓱萍也 高注萍水藻也　桐華諸語同　鳴鳩一節無　命舟牧覆

舟五覆五反乃告舟備具于天子焉天子始乘舟 至 祈實 淮南作

舟牧覆舟五覆五反乃言具于天子天子焉始乘舟云云 高注焉猶安也自冬至此而安乘舟故曰始 莊逵吉按洛本焉皆作焉注作焉猶於也 楓綸謂

高注義自是作焉但焉實焉字鄭迷而倒置譌為焉耳無煩曲解

是月也生 至 賢者 淮南無布德行惠四字　倉廩作囷倉　賜作助　無周天下三字　勉作使

是月也命司空曰 至 障塞 淮南無是月也及曰字　道達作導通　下曰達路除道從國始至境止無開通八字

田獵 至 九門 同 罘弋二字在罝罘下　餧獸 至 餧毒　是月也命野虞 至

戴勝降于桑 是月也三字省 命作乃禁 戴勝作戴鵟 高注戴鵟戴勝鳥也

具曲植籧筐 作具撲曲笞筐 后妃至敢惰 作后妃齋戒東鄉親桑省婦使勸元蠶事餘無

是月也至蕩上心 作命五庫令百工審金鐵皮革筋骨箭幹脂膠丹漆無有不良 餘無

是月之末至視之 作擇下旬吉日大合樂致歡欣 是月也至于牧 無是月也三字

犧牲至書數 無 命國難至春氣 同 行令一節 同 淮南上有行是月令甘雨至三旬九字

不收作不登 阮校國難石經難作儺淮南亦作儺鉞儺難一字按古書偏旁小異此類不足論也

初八日晴暖

孟夏

日在畢 作搖搖指巳餘類推 丙丁上 有其位南方 下 有盛德在火無帝 蟲至先 神二語 下兩月可推

乙酉

月令惠棟校宋本蚯作邱

肺 同 螻蟈鳴 至 苦菜秀 同 蚯蚓作邱螾 天子居明堂 作天子衣乘服達云云食

菽与雞下有服八風水云云朝于明堂左个以出夏令 是月也以立夏至於

說 作立夏之日天子親率三公九卿大夫以迎歲於南郊還乃賞賜封諸侯脩礼樂饗左右 阮校顏論名本師率異文師率一字不足論也

乃命樂師八字無 命太尉贊桀俊 至 毋伐大樹 選賢良不作遂長大作孝悌 必當其位

作佐天長養 壞墮作隳壞 起土功作興 毋發大衆四字有 是月也天子

始絺無 命野虞 至 毋大田獵 命作令 行田原無出字 勸農事驅獸畜 無令害穀 餘無

農乃登麥 有 天子乃 至 寢廟 無乃字 是月也 至 出輕繫 無首尾六字 小罪在

輕刑前 蠶事兩節無 行令一節 同 毀其城郭作隳壞城郭

仲夏

小暑至至無聲同　養壯佼無　是月也至梳斂　淮南無是月也三字　琴瑟上無均字調竽

篪飭鐘磬在執干戚戈羽上無笙黃柷敔字　命有司　至盛樂同乃命下無

阮校各本鍾鐘異文淮南作鍾作鍾是也

天子至寢廟同以農乃至月也無　令民毋艾藍以染　令作禁　毋燒灰至

暴布同淮南益具食有存鰥寡振死事六字　是月也　至以定晏陰

之所成首三字無　處必掩身毋躁作慎身毋躁　止聲色作節　毋或進

毋致和六字及節者欲六字均無　毋刑作毋徑　鄭注云今月令作

徑餘同　鹿角解　至處臺榭　是月也無　毋用火南方作禁民無發

火下無三可以　升山陵作登邱陵

行令同　凍作霰　曉熟作不孰

阮校岳本作孰此言今字無関同異也

季夏

昏心旦奎其位中央其日戊己盛德在土其蟲高臝　其音宮律中

乙酉

百鐘其數五其味甘其臭香其祀中霤祭先心昏心与月令昏以異此一段移中央土於前故大書淮南以見複舉月令百鐘与月令黃鐘異溫風始至溫作涼蟋蟀居辟辟作奧高注奧或作辟也腐草為螢作腐草化為蚈

天子衣乘服建均黃朝于中宮与月令大廟大室異文命漁師至納材葦命上有乃字納作入鄭注今月令漁師為榜人而淮南澤人作滂人高注掌池澤官也疑淮南亦澤人入材葦而漁師二字為榜人如今月令展轉而誤是月至祈福首三字無令民句八字無以祠之墟五四字無大合二字淮南作大夫令余謂月令奪夫字

淮南今當作令餘同行惠令弔死問疾存視長老行稃鬻厚席蓐以送萬物歸也淮南有月令無是月也命婦官至之度首三字無必以法故二句無下作以給宗廟之服必宣以明至毋敢詐偽並無是月也至黑黃倉赤作青黃白黑

天殃 乃命八字無 有天殃餘並無 毋有作勿敢 下作不可以合諸侯起土功動衆興兵必

是月也土潤溽暑至美土疆 首三字刪 土潤至時行同 下作利以殺 草糞田疇以肥土疆

行令 同 鮮作鮮 國多風欬無國字

褚文軒同知來以和議稿見示

得再同書將移居內城安圃有書家中寄食物來

初九日陰雨

孟秋

昏建星中 作昏斗中 旦同 庚辛上 其位西方 下盛德在金 帝神無 餘並同

涼風至至行戮 同 天子衣乘服建食並同 下服八風水云云 一朝于總章左个以出秋令 無其[illegible]內

求不孝不悌戮暴悍而罰之以助損氣 月令無淮南有 是月也至天子乃齋

並無 立秋至於朝 同 反作乃 天子至遠方 無天子乃反以明好惡七字 遠方作四方

是月也命有司脩法制繕囹圄 首三字無餘同 下作禁姦塞邪審決獄平詞訟 餘無

天地始肅不可以贏 同 是月也至寢廟 無也字 乃作始 命百官至城郭

壅塞作障塞 脩城郭在繕宮室前 無坏垣牆三字 是月也至大幣 首三字無

封諸侯無諸字 下作立大官 行重幣出大使 無毋以割地四字 行令 同 淮多

行是月令涼風至三旬兩句 國多火災作冬多火災 余按冬字無義

鄭注今月令癰疾為厲疫

仲秋

盲風作涼風 鴻鴈作候鴈 養羞作羣鳥翔 高注或作養 是月也至飲

食首三字無　衰老作長老　穈作稃　乃命司服至反受其殃無　是月也乃

命宰祝至中度　是月也乃無　下作行犧牲案芻豢視肥臞全粹　察物色以
下同必作課皆作莫不　五者八字無

天子乃儺至行罪無疑　同　是月無也字　務畜菜上無務字菜作采　是月也
其有失時句無　乃勸種麥作勸種宿麥

至水始涸　無日夜分三字　雷始收聲作雷乃始收　日夜分至斗甬　無則字同作
一甬作稱

是月也至乃遂　首三字無　易作理　納作入　賄作財　鄉作方　財作財物

凡舉大事一節無　行令　同　乃有恐作有大恐　五穀下有皆字

季秋

鴻鴈來賓作候鴈　是月也至宣出入　是月也作命有司　百官上無命字　內作

乃命冢宰至神倉　同　無祇敬必飭字　是月也霜至習吹　無則字　餘同
無命樂正三字

是月也 無大饗帝嘗犧牲 同 無告備于天子 合諸侯至為度 十字 職作歲 無以給

乃教於田獵以習五戎 上是月五字下班馬政三字同無 命僕至誓之 僕作太僕 載旌旐作載旌

整設作皆已設 北面誓之作北嚮以誓之 天子乃厲飾 作厲服厲飾 執

弓挾矢以獵 作操矢 命主祠祭禽于四方 無于字 是月也 至宜者 無也字

蟄蟲咸俛 下無在內皆墐其戶六字 通路除道 從境始至國而后已 是

月也至寢廟 無也字 行令同 鼽嚏作鼽窒 師興不居作師旅並興

寄家書並致于次棠前輩書勸其赴粵

初十日晴

孟冬

昏危旦七星同　壬癸上其位北方下盛德在水　無帝神句　其蟲至先賢

同　其臭朽作其臭腐　水始冰至不見並同　天子衣乘服建並同食同下服八
祀行作祀井　風水數語朝于元堂右个

以出冬令　命有司修羣禁禁外徙閉門閭大搜客斷罰刑殺當罪阿

上亂法者誅　淮南增　是月也至乃齋　無　立冬至孤寡　迎冬作迎歲

反作乃　恤作存　是月至吉凶　是察　無也字　大史作大祝　有禱祀神位四字　釁筴作
占　占兆審卦作審卦兆　吉凶是察作以察

吉凶　阿黨則罪兩句無凶見前　鄭注令月令作釁祠祠行　是月也天

子始裘　是月也作於是　命有司曰至成冬　無　命百官至徯徑　衍積聚　無循字

無有不斂字　無　修作坏作修　成作盛　封疆作封壃　鄭注令月令疆

作壃　備作脩　塞作絕　無謹關梁句

飭喪紀至等級　飭作飾　下作審棺椁衣衾之薄厚營丘壟之小
大高庳使貴賤卑尊各有等級

月令大小厚薄亦有作小大薄厚者與校徑之益殊不在此

豐潤張氏澗

是月也命工師至度程 無命字 餘同 功致 作堅致 下作工事苦慢 作為淫巧必行其罪 餘

無 作為八字與月令同而前後略異 是月也至息之 丞作蒸 兩字通 並作丞 是 乃祈無乃字 割祠

作禱祭 及門閭臘先祖五祀 作畢饗先祖 農下有夫字 天子乃命至角

力 無天子乃三字 力下有勁字 是月也至侵削 是月也三字無 無敢字 削作年下無

行令同 上泄作發泄 國多暴風作多暴風

仲冬

昏東辟旦軫中 淮南無東字 高注東辟北方元武之宿則原文亦有東字

祭先 張益壯至始交 同 鶡旦作鴇鴠 命有司曰至田暘月 毋發蓋毋發 室屋作無發

室居 以固而閉地氣沮泄無 房作藏 又作有 命之無之字上有急捕

盜賊誅淫泆詐偽之人

命奄尸至省婦事 同上無是月也下並無 乃命大酋至差貸 熾作

熺 高注熺炊熾火之熾也炊乃讀字耳 無兼有六物兩句 貸作忒

天子乃至井泉 無祈字 名澤無源淵井泉字

農有至不詰 聚 下無者字 馬牛作牛馬

山林至不救 奪下無者字 是月也至所定 無諸生蕩三字 無身欲口三字而移欲靜于搶身下口身體於安形性上

無采內 芸始至水泉動 有是月也三字 荔挺生在芸始出上 蚯蚓作邱螾

日短至至用者 無日短至三字 無是月也可以字 塗闕庭至藏也 此作所 無藏也二字

行令同 天時雨汁作其時雨水 蝗蟲作蟲螟 疥作疾

季冬

鴈北鄉至雞乳 始巢作加巢 乳作呼卵 命有司至土牛 同無以送寒氣句 征鳥厲

疾至神祇無是月也至寢廟無是月也三字 乃嘗作射字 冰方盛

無水潦腹堅鄭注今月令無堅 今告民至田器 無告字 命農作令農

命樂師至薪燎 薪字無柴字 郊廟作寢廟 是月也至毋有所使 無

歲數將幾終句 歲將更始將作且 專而作令靜 天子至之宜 無共字 飭作飾

乃命大史至山林名川之祀 之饗作之以事 同姓之邦作國 余按此諱邦字 也 無命宰歷三字 卿下有士字 無土田之數而

賦犧牲句 凡在天下句至末並無 行令同 多傷無多字 妖作祅 周作痼本 一字也

太皞句芒見篇末 諸名

季夏節靡草月令注舊說薺亭歷之屬淮南注靡草則葶歷之屬

佩綸按則字當作薺阮校各本葶藶從草盧擬初學記亦從草

鷗鴠檢元統韻會鴠說文渴鴠也从鳥旦聲引詩相彼鶡鴠尚或惡之
鳴急旦也廣韻鶡鳥增韻鶡鴠求旦之鳥禮記曷旦一作鷗旦一作渴旦
文選鶡旦鶡音渴是為月令注南兩本疏解通明䟦以渴為淺人改語
咮武斷○䟦引御覽鴠可旦也最為古本
凡四日讀竟淺學讀書粗率可笑

十一日晴

答褚同知辭　得家書

王瓜鄭注萆挈也今月令曰王萯生夏小正云王萯秀未聞孰是
高注栝樓也正義王瓜萆切挈者本草文未聞孰是一疑王瓜是王

萯也說文菩苦蔞果蓏也（蓏或作臝）萯王萯也詩秀葽傳葽草也箋

夏小正四月王萯秀葽其是乎果臝傳栝樓也箋同鄭以葽為王萯果

臝為栝樓王瓜為萆挈与高迴異爾雅釋草果臝之實栝樓李巡

曰栝樓子名也孫炎曰齊人謂之天瓜本草云栝樓如瓜葉形兩兩相值蔓

延青黑色六月華七月實如瓜瓣是也（爾雅以下引詩正義亦雅邢疏郭云今齊人謂之天瓜）

余謂鄭於王瓜注嚴慎未能遽斷高注略疑有所援之也各家均有論

釋余自以臆從高耳○萆挈唐韻古音作菝葜博雅菝挈狗脊也本

草菝葜猶⿰矢犮⿰矢吉也⿰矢犮⿰矢吉短也玉篇作菝蓏靈樞經栝樓作蓏蓏甘疽

色青狀如穀蕢蓏蓏是也菝蓏蓏蓏字形相似因致兩說偶類似

之非敢定論也

十二日晴

先母忌日吾不與祭如不祭愴感久之

作家書寄十三日

閱邸報香濤賞孔雀翎蘇元春馮子材二等輕車都尉餘敘擢有差張曜爲廣西巡撫治護城河唐仁康爲廣東陸路提督蘇元春補廣西提督　諭守臺功將士敘擢有差林維源補內閣侍讀學士

十三日晴

寄家書子涵書再同書

合肥嘗贈余青驄調良顧主就戍特盡賣車羸獨不忍棄

馬留之子涵廐中比子涵亦減騎乘乃復歸之合肥

寓廬臨城登城一望踈思邊愁頓起胄禹明復至城隍廟小憩

廟有白丁香一株神手持一卷書乃乾隆 御集也

十四日晴

得合肥復書並寄海戰新義兩冊

漢書高紀十年夏五月太上皇后崩秋七月癸卯太上皇崩史記無夏

五月八字通鑑攷異荀悅漢紀五月無后字七月無崩字殿本攷證引之

余按史記盧綰傳作高祖十年七月太上皇崩漢書作十年秋太上皇崩如漢紀夏崩秋葬揔罵崔之謬要以公此八字爲正

十五日晴

淮南原道訓五色之變不可勝觀也注高注常事曰觀(視)非常曰觀春秋處隱公觀漁于棠是也莊達吉說文解字觀諦視也古字古義自有一定誘解得之時則訓伐鼓取鼉登龜取黿高注易取(言)難言伐尊言登達吉以三字疏解爲精余謂常事曰視兩語乃穀梁隱觀魚于棠傳伐取登三字解与鄭注月令同似不足贊爲創解

寄復合肥書千總趙大福赴津也

十六日晴

得家書粹玉疾未愈　閱邸抄鄧承脩論劾沈保靖得
旨開缺左楷及吏部堂司均議處

十七日晴午後微雨入夜漸大

石秀才儒珍来保定人習於庫倫塞上形勝留宿西齋

十八日陰雨

龍户部来

韓廣以上谷卒史徇燕趙王臧荼及酈商別定上谷

說文夰部㚖書曰若丹朱奡讀若傲論語奡湯舟此亭林所本史記集解仲尼弟子列傳注孔安國曰羿有窮之君篡夏后位其徒寒浞殺之因其室而生奡奡多力能陸地行舟為夏后少康所殺以禹稷比孔子乃馬融說此足補五月廿七記所漏論語疏亦同五月間偶檢汲古閣節本脱之耳

十九日午後大雨

雨後石秀才踈時客宣鎮王可陛處送石生後登城縱眺至大士廟小坐而踈

被都統文調回張堡効力

二十日晴

淮南時則訓高注不詁十母十二子鄭注月令舉甲丁丙鮮因檢淮南天文訓研鮮為亂精指寅則萬物螾螾也卯則茂茂然辰則振之也巳則生已定也午者忤也未昧也申者申之也舊本作呻余依段氏說文改之酉者飽也戌者滅也亥者閡也子者茲也丑者紐也遷史因之寅言萬物始生螾然也卯之為言茂也言萬物茂也辰者言萬物之蜄也巳者言陽氣之已盡也午者陰陽交故曰午未者言萬物皆成有滋味也申者言陰用事申賊萬物酉者萬物之老也故曰酉戌者言萬物盡滅故曰戌亥者該也言陽氣藏於下故該也子者滋也滋者言萬物滋於下也丑者紐也言陽氣在上未降萬物厄紐未敢出自亥者至此應在寅言萬物之前誤倒

于艸堂石影

十母壬之為言壬也言陽氣任養萬物于下也癸之為言揆也言萬物可揆度也甲者言萬物剖符甲而出也乙者言萬物生軋軋也丙者言陽道著明故曰丙丁者言萬物之丁壯也故曰丁庚者言陰氣庚萬物故曰庚辛者言萬物之辛生故曰辛 班書律歷乃采王莽時雜說則曰孳萌於子紐牙於丑引達於寅冒茆於卯振美於辰已盛於巳咢布於午昧薆於未申堅於申留孰於酉畢入於戌該閡於亥出甲於甲奮軋於乙明炳於丙大盛於丁豐楙於戊理紀於己斂更於庚悉新於辛懷任於壬陳揆於癸 許氏說文要不能外此 其出乙乙也段玉裁乙乙軋軋假借字不知馬班及鄭注月令

亦云乙之言軋與乙乙直當作軋軋不必以假借為解丁萬物皆丁實小徐作丁壯成實實實無義當依小徐本改為丁壯与史記律書同訓蓋許解十母多本遷史戊己史未訓始采他說故不類其十二子則皆本淮南書[illegible]許親注淮南故也段氏據淮南改髕為蟥極有見許申神之當為申申而並疑淮南之非呻之亦以馬班參證也鈕樹玉駁之殊可一映余意未味也六月滋味也上味字當是昧也下當是六月萬物有滋味也蓋參用淮南及遷史之說如韵會所引六月之辰恐是脆改耳酉就也恐是能也之譌頗疑卯酉同形酉音讀似今之卯音故淮南訓飽遷史訓老耳

非柳同字故亦訓留勒殷氏疑酒下當刪之酒部凡从酉之字皆从酒省亦顯深於訓詁鈕氏譏之殆以殷掠龔其說故耳

二十一日陰晚微雨

通景容頌 小堂

得倪豢書並邸抄張夢元調閩藩李秉衡擢桂藩李用清唐咸仰候簡潘霨署黔撫曾紀鳳擢黔藩李元度授黔臬許振褘擢豫臬

史記律書十月律中應鍾應鍾者陽氣之應不用事也十一月律中黄鍾黄鍾者陽氣踵黄泉而出也十二月律中大呂大呂者 無鮮戴 有譌奪

正月律中泰簇泰簇者言萬物簇生也故曰泰簇二月律中夾鍾
言陰陽相夾廁也三月律中姑洗姑洗者言萬物洗生四月律中中
呂中呂者言萬物盡旅而西行也五月律中蕤賓蕤賓者言陰氣
幼少故曰蕤痿陽不用事故曰賓六月律中林鍾林鍾者言萬物就
死氣林林然七月律中夷則夷則言陰氣之賊萬物也八月律中南呂南呂
者言陽氣之旅入藏也九月律中無射無射者陰氣盛用事陽氣
無餘也故曰無射漢書律歷志黃者中之色君之服也鍾者種也陽
氣施種於黃泉孳萌萬物為六氣元也大呂呂旅也言陰大旅助
黃鍾宣氣而牙物也太族族奏也言陽氣大奏地而達物也夾鍾

言陰夾助大簇宣四方之氣而出種物也姑洗〻絜也言陽氣洗物姑絜之也中呂言微陰始起未成著於其中旅助姑洗宣氣齊物也蕤賓蕤〻繼也賓導也言陽始導陰氣使繼萬物也林鍾林居也言陰氣受任助蕤賓君主種物使長大楙盛也夷則〻法也言陽氣正法度而使陰氣夷當傷之物也南呂〻任也言陰氣旅助夷則任成萬物也亡射〻厭也言陽氣究物而使陰氣畢剝落之終而復始亡厭亡也應鍾言陰氣應亡射該臧萬物而雜陽閡種也鄭注月令本周語淮南天文訓有解而高注頗采馬班之說与本書不盡合且天文時則所引亦略有字句小異處時則引林鍾

作百鍾

二十二日晴

答龍戶部

二十三日晴

晨起頗爽朗寄再同和詩

未刻張萬全來

二十四日晴

孫毓汶沈秉成續昌入譯署以錫出江蘇查辦差廖出江西試差也

答張令不值

武五子傳燕王旦使人祠葭水台水 晉灼曰地理志葭水在廣平南

和台水在鴈門 師古曰葭音家台音怡

李廣為上谷太守數與匈奴戰 上谷太守郝賢四從大將軍捕首虜千

三百級封賢為終利侯見霍去病傳 張敞祖父孺為上谷太守河東平

陽人見張敞傳 宣化府志均●載之而孺列李廣前似孺從茂陵子福事

武帝似在武帝時廣則在孝景時也 終利功臣表作衆利自注姑莫千一百

元朔六年

戶五月壬辰封二年元狩二年坐為上谷太守入戍卒財物傳計謾免 班氏敘傳

長官至上谷守 杜周傳延年子緩為上谷都尉 陽並北海人亦為都尉 北海人未改出

兩粵傳故甌駱將左黃同斬西于王封為下鄜侯而功臣表下鄜侯左

将黄间以故甌駱左将斬西于王功侯七百户从表則不應以左将两字冠
姓名上從傳則表又两言左将無遷折衷

二十五日晴

張令来

得安圃書知两粤水灾甚大皆鮫患也伐鮫之政不舉以致水灾氾
濫不已大兵之後繼以大水民何以堪

二十六日晴

午後粟介臣来夜張沚蒓招飲書院

家人寄呂氏春秋来以校淮南甚快

經訓堂輯晉書地道記引水經注濡水下北平有鴻上關此
中山之北平國非北平郡也載之北平郡誤
二十七日晴
得家書
二十八日夜大雨
寄家書並寄香濤前輩書
趙充國傳遷中郎將之屯上谷
二十九日晴
七月初一日晴

得趙菁衫太守書
得安圃書附載之及張酉山書
初二日晴
專足賫得安圃復書
閱邸抄御史吳峋以劾閣相指為奸邪緬修梁鼎芬以劾李相
深文周内稱其可殺誣謗大臣下部嚴議
過從永兩都護以奉文調回軍台衙門當差也見水未
紉官圖若因夜虛守靜人物人物則皇房注皇作皇暇解余謂
夜虛當依紉官圖作處虛此內當聯則帝則王則霸為一節

蓋管本有圖〻中縱橫寫之書者依次第殺青致有此錯人物或一或二乃圖中本圖有人物書者附記闌入大字耳此原圖方中等字皆劉向寫書時附注而誤入本文者也此說似確當以質之再同

初三日晴

得安圃廿七日書

過定靜村安將軍乃張口旅人

初四日晴

復安圃書寄再同書慰其殤子

初五日陰
定靜村來答識吳仁波先生吳六遣戍子也及外舅建尉公
初六日陰雨不成天煩熱異常
得合肥初二書
初七日晴熱甚
午飯時張沚蓴來　寄家書
復合肥書上都司調蒲河都司人便至津故附此函
初八日晴
午後呂子方秀才來名望端豐潤人乃趙菁衫之內弟也

寄沈趙菁衫書

初九日晴酷熱

朱存病枯坐悶甚

初十日晴

晨起得合肥書寄示海軍疏稿

午後族曾叔祖頤來得九弟書又得家書及子涵書

十一日晴

十二日晴

十三日晴

族叔祖用和歸寄九弟書並寄都寓家書

十四日晴

家書至左相准回籍係病愈來京供職鄧鴻臚回籍省親給假兩月周盛傳卒周盛波授湖南提督

十五日陰

前漢（匈奴傳）諸左王將居東方直上谷以東接穢貉朝鮮右王將居西方直上郡以西接氐羌而單于庭直代雲中各有分地逐水草移徙　匈奴往來善上谷以東終烏桓世　文帝時屯飛狐口（師古注代郡之南燕趙中）　武帝時衛青出上谷至龍城　元朔二年漢亡棄上谷之斗辟縣造陽地以予胡　其明

年細須胡數萬騎入上谷殺數百人　單于離上書願保塞上谷以

西至敦煌

王莽傳有上谷都尉陽並　又上谷儲夏自請願說瓜田儀莽以爲中

郎

十六日晴　寄家書　内八弟及謝爵堂書

十七日晴

水經注濡水下載漢上谷長史侯相碑　云侯氏出自倉頡之後踰殷歷

周各以氏分或著楚魏或顯於秦晉卿士務即其裔也　可補宣

化府職官

十八日晴

十九日晴

晚龍松苓來

二十日晴

得家書並再同書

晚得答龍松苓松苓論韵學甚精其尊人翰臣先生講求韵學也

二十一日晴

晨起王都司來買蒙古白馬余試之尚馴

復合肥書　廿二發

張沚蒓大令餽蟹並畫扇

松岑送兩漢金石記百研齋所摹漢碑見示

金石錄云居攝墳壇刻石二其一云上谷府卿墳壇其一曰祝其縣卿墳壇皆居攝二年三月造上谷郡名祝其縣名不知所謂府卿與縣卿爲何官蓋自王莽居攝官名日易故史家不能盡紀也其曰墳壇者古未有土木像故爲壇以祀之兩漢時皆如此

二十二日晴

二十三日陰

同王都司登雲泉寺

寺碑洪武二十六年僧清月創改禪院曰雲泉寺天順丁丑僧淨行及里人張普重修正德壬申大同總兵江桓爲守備及僧圓玉復拓之崇禎庚午王將軍者建聳翠亭爲別一洞天有泓珠猷玉兩泉寺之命名以此恭麦旋清西戍左乾隆壬午脩碑文陋不全錄今亭已圮王將軍者以志考之當是萬全都指揮王懷仁至雜祀玉皇諸神則後人所附會者賜兒山本名紫泥山有古柳一株

晚龍松岑來論詩自言溯源山谷以及韓杜

二十四日晴

地理志上谷至遼東地廣民希數被胡寇　刑法志自黃帝有涿鹿

之戰以定天災鄭氏曰涿鹿在彭城南李奇曰黃帝與炎帝戰於阪泉

今言涿鹿地有二名文穎曰涿鹿在上谷今見有阪泉地黃帝祠師古曰

文說是也彭城者上谷北別有彭城非宋之彭城也

龍松岑贈其尊人所作古均通說及近人所刻詞林正均

二十五日晴

粹止遣蘇福來得安圃書知粹病又增郭醫病無人下藥為之

焦悶

子戒赴戍寓通海庄往視之尚不戚戚惟夢得有靚為之感歎

寄家書

二十六日晴

日來冗暘如三伏塞上未嘗有也晚子崴來飯暢話

二十七日晴

昨夕得合肥書作書復之

二十八日晴

遣朱存歸寄家書及再同子涵書

晚答龍松岑

二十九日陰

三十日晴

寄復章琴生書

八月初一日晴

聞鳩 龍松岑來

何子莪來 朱存至土木驛寄一書知安圃廿二日以截取知府

召見

初二日晴

悶甚策馬獨游城西南校武場 龍松琴以所著槐廬詩集見

示乃學山谷者 寄安圃書

初三日晴

欲訪于莪雨于莪堂談甚洽
得家書及杭電六姊於七月二十四日下世為之愴然
初四日晴急雨一陣
聞甚王都司來言永豐堡有泉可一游鮮煩策馬行五里有一巴
逢蘭布墓頗有松楊果木惜之衰傷淚下不止緣途遇雨
泉出卧雲山乾隆開業皮之買建一龍泉寺以泉為洗皮之所
清流潺潺治水之功大矣
初五日晴
聞昭秋暴有赴庫倫勘獄之命與于莪稍談

初六日晴

張沚蒓來午後得家書安圖無恙慰甚

穆春巖沚圃將授以簡練旂兵之任云

夜石秀才來

初七日晴

石秀才來即赴宣化　午後子蕃之姪壽嵩來

初八日晴

寄家書附載之書

薄莫同興乘馬出南門至西門外果園則歲旱地枯木皆不

寶記庚辰与樊山游此李柰〻成林為之悵然王都司請至通橋過橋
偕野人種蒲桃架下稍坐〻摘蒲桃食之日夕始歸
張沚蒓送蟹以贈于蕺
朱存有稟來略志家事
初九日晴
于蕺來談
得安圃及樊山書　高陽署吏部侍郎
史記五帝本紀〻与炎帝戰于阪泉之野　集解服虔曰阪泉地名皇甫謐曰在上谷正義括地志阪泉今名黃帝泉在
嬀州懷戎縣東五十六里出五里至涿鹿東北与涿水合又有涿鹿故〻城在嬀州東
南五十里本黃帝所都也晉太康地志理云涿鹿〻城東一里有阪泉〻上有黃帝

祠桉阪泉之野則与蚩尤戰于涿鹿之野集解服虔曰涿鹿山名在涿郡
平野之地也 張晏曰涿鹿在上谷索隱或作濁
鹿古今字異耳按地理志上谷有涿鹿縣服虔云 合符釜山 括地志釜山在媯州
在涿郡誤 懷戎縣北三里山上有
舜而邑于涿鹿之阿 正義廣平曰阿涿鹿山名已見上涿鹿故城在山下即
唐 黃帝所都之邑在山下平地
遷徙往來無常處以師兵為營衛 太史公曰北過涿鹿 正義涿鹿山在媯州東南五十里山
賢 側有涿鹿城即黃帝堯舜之都

初十日晴午後微雨

寄家書

十一日晴夜急雨旋霽

昨作一文頗暢午後過子義子義觀余近作以為律勝于古

律有章法古詩太生硬踈步馬至右營永福寺

十二日晴

得家書校管子

十三日晴

夜龍松岑來

十四日晴

過子義並答龍君以其商石幢事也

十五日晴

十六日陰夜雨

十七日晴

得琴生書子羲來　永署都統派查辦庫倫事件

十八日晴

紹蘇行　得家書及杭州宗載之海門八弟書食不下咽

十九日晴

晨答紹送行　寄家書並八弟載之信

二十日晴

二十一日晴

同子羲游元保山山故有元嚴堡以此得名俗以元寶名之更甚愚

谿之辱矣 晚龐松岑来

夜雨

二十二日晴

得合肥書十八入覲 過千義談

二十三日晴

得家書並邸抄 復合肥書寄家書

二十四日晴

寄八弟書由葉子晉 樂山書天津封 加家書 又作安姪書寄六姊祭文 明日寄

二十五日晴

同蘇福上靈泉山一游視前游一月矣　寄再同書寄廿六

二十六日晴

午後子義來登城一望　龍松岑欲來余遂信步訪之

二十七日晴

左相予謚文襄

復游蔬圃得家書

二十八日晴連日天氣甚暖

過子義

二十九日晴

昨夜耿耿不寐晨起作數百字天時甚燠夜讀莞子計在塞

己巳五明月六

寄樂山書　由驛遞

于州堂石影

九月初一日晴

天氣暄和土人言納禾者利之八九月猶袷衣塞上所未有也策騎出南明行十里至昌隆寺寺有萬歷藏經殘本有一佛像乃明時一僧示寂不僵就漆爲象者余日此漆身爲癘之流耳燒紙驚愚何足尚也酥已更鼓動矣寺在石頭屯近八角臺山臺六明時障堠也

初二日晴

得再同書廿六日

初三日晴

復得再同書

初四日陰夜小雨

寄湲再同書並八弟書

初五日雨

專足寄家書　午後得朱存禀

初六日陰晨大雨

初七日晴驟寒登城望雪

午後子箴来小坐即去

寄湲八弟及符曉瞻書

初八日陰

初九日晴

吕子莊秀才自都應試錸贈趙菁衫詩集已數日矣午後策

騎候之遇諸塗在齋中略話

初十日晴

過子蕺略談得朱存書

十一日陰

寄家書王都司處八便也答吕子莊不值

十二日晴

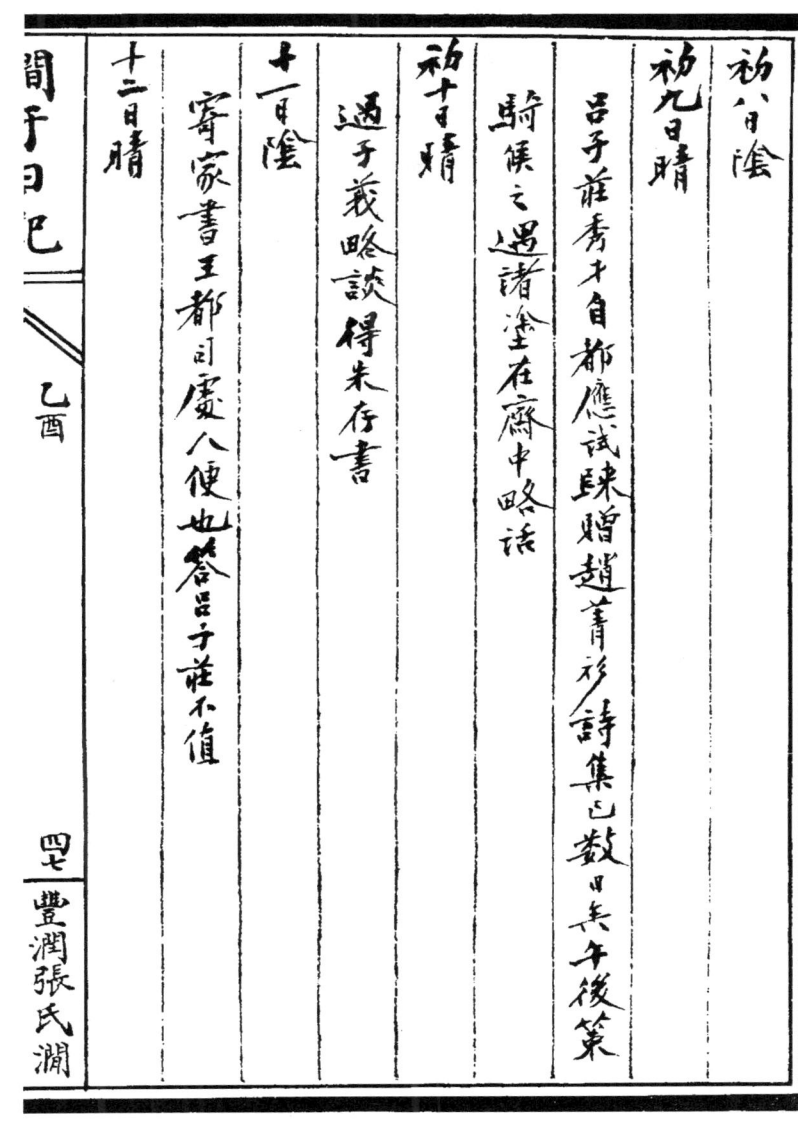

得家書

十三日晴　朱存甫都門回得家書　張沚蓴來　龍松岑來以詩義折中及王盦詩報之

十四日晴

十五日晴雨漸止夜月甚朗

寄家書安稺治醴楞　子義來　答松岑

十六日晴

蘇福還都　昨得安書知時賢忌嫉方深當益韜晦以合反身修德之恉

十七日晴

策騎薄游過子峩

十八日晴

十九日晴

答得合肥書 寄巢山書 仲彭中南闈舉人

二十日晴

再同書來論廣均言黎庶昌近得日本元泰定本文欣不同用尚是唐人之舊張注同用已從禮部韻改鍾謙鈞刻明內府本注欣獨用不知鍾本即亭林先生所刻本否余於韻學茫然塞上攜藏書甚少以選詩放之劉公幹

贈徐幹則以勤與根羣居同用曹子建贈白馬王則以勤與神陳鄰親仁辛同用張茂先勵志則以勤殷與雲文同用應吉甫華林園則以欣與文雲芬同用顏延年皇從元車騎車長沙則以殷與紛分雲聞芬文同用還至梁城則以勤殷與羣分雲文墳聞同用因之求諸詩則北門第一章殷與門分貧艱同用庭燎第三章晨煇旂同用旂兩與芹同用以斤得聲古當在欣均見鳧鷖第五章則欣與熏芬同用求諸羣經則四體不勤五穀不分見於魯論求諸諸子則元牝之門是為天地之根綿綿若存用之不勤見於列子是古音欣不但與文同用且與真魂山亦同用矣唐初文學稱盛其同用獨用必不能率尔分合若以古為準則文欣定當同用不當分用也至高岑王孟諸集

文韻暨杜律從未參用欣韻杜古詩文聞通真魂亦未入一真欣韻似可為欣獨用之證然崔氏東山草堂一首芹与入新筍同用太白古風斤与鄰人真神身論同用感遇勤与濱春親人同用對雪餞任城六丈真韻亦閒用勤字頗疑欣韻太少獨用不能成詩用文韻不必求助於欣故相傳以為獨用耳

二十日晴

白香山詩以為老嫗都解然亦字字有來歷也貧家嫁女晚嫁晚孝於姑富家嫁女早嫁早輕其夫尚書大傳曰孔子曰男三十而娶女二十而嫁通於織紝紡織之事黼黻文章之美不若是則上無以孝於舅姑而下無

以事天養于此上兩句亦本也富家則張耳傳外黃富家女嫁傭奴其夫是矣今人非以淺俗學白即反之自託於艱深皆傳之障也

臧氏琳經義雜記孜文帝始置博士引漢書楚元王傳劉歆移太常博士後漢翟酺傳趙岐孟子題辭以駁章衷注酺傳謂玉海藝文志云爾雅文帝立博士本之孟子漢書儒林傳史記儒林傳孝文帝本好刑名之學及至孝景不任儒者而竇太后又好黃老之術故博士具官待問未有進者此亦孝文時立博士之的證也

二十二日陰

復合肥書　得樂山書　得家書並穀士琴生書

二十三日晴

二十四日晴夜大風

二十五日晴

薄莫龍松岑来以其尊人事略見示

二十六日晴

得蘇福書知至父至道萬興店一十七人受麪餅均遇砒毒店主人云乃仇人陷害而客則狼狽困頓矣事十八至廿日始能興至家猶疲乏急服散毒之服而腹際紅腫可歎也行路之難如此

二十七日晴

二十八日晴

至子箴處略談 周子玉寄百金餼之

寄家書 寄樂山書

二十九日晴

作莊子年表一卷 鑪炭初溫重簾不卷遂為煤氣所逼夜

略感寒熱

三十日晴

寫表初定又作莊子楚人說一篇 得安圃再同書 再同以尊

託張字見贈寫莊表及校定管子幼官一篇寄安圃再同
十月初一日晴
寄家書天氣甚和登城眺
初二日陰
校管子以十子本校江寧兩本均非精刻也都中是日遷繩匠胡同
初三日晴
複李漢春書連日校究雙聲疊韻午後漢潛研堂懐並有
悟
初四日晴天寒

午後子莪來談

吳斗南兩漢刊誤補遺以丹朱奡為兩人名用淫指兩人言之南宮适言奡湯舟則罔水行舟是亦奡在禹前故禹舉之以戒舜南宮适亦先羿奡而後禹稷孫侍御念祖讀書脞錄謂論語奡湯舟自孔安國注以澆為奡而集注因之實則澆之盪舟於經傳無據也奡蓋別是一人亦斗南此論頗有理然以先羿奡而後禹稷為次序亦失之疏然則羿善射奡湯舟何以羿先於奡乎或以羿為堯時彈日之羿亦未必並堯時之羿未聞不得其死也斗南以孟子逢蒙殺羿為堯時之羿不確余所說與斗南合

侍御攷證僃博而此事徒以空言駁吳何其疏也既以羿為舜時之羿則羿自是堯時之羿羿帝嚳射官要見孟子所言寧是有窮后羿乎殆不足以服斗南也

初五日晴

初六日晴

答龍松岑 得伯潛書 劉省三附千金並書來擬謝之而不受

初七日晴

寄家書附章琴生 柴嶺書 八弟書

午後過何子峩論韻學甚暢

初八日晴

晨起得樂山書由王總兵處來作書復之　得家書子涵書

初九日晴

得安圃書　得合肥書知琴生以知府用

越南為法所蹙以兵衛法且有勝負聞道至滇求封大院君還國鄰詰密俄為援朝鮮王請我派兵都護思之悍然想宵旰紆籌柄臣藏頫也

初十日晴

十一日晴

午後子箴來論七古七言甚詳 夜龍松岑來言其鄉鄭

獻甫著有愚一錄甚精 鄭字小谷象州人 寄安圃書

十二日晴

寄家書 附合肥書 琴生書 劉省三書

書成而琴生書至頗有玉堂天上之感

招秋皋都沅由庫倫回

過都沅並答張沚蓴

十三日晴

日知錄卷三十二今人謂石炭為墨 按水經注冰井臺井深十五丈藏

冰及石墨爲石墨可書又然之難盡亦謂之石炭是知石炭石墨一物也有精麤爾 史記外戚世家竇少君爲其主入山作炭 後漢書黨錮傳夏馥入林慮山親突煙炭 北人凡入聲凡入聲皆轉爲平呼故書墨爲煤而俗竟作煤字非也

崔銑彰德志作烸玉篇廣韻並無烸字

十四日晴

過齋午後同王都司登雲泉山 先是汎珠泉上有亭名聳然亭乃明王將軍所建余偕王金榮復之力不及乃署之曰濆然亭用揚雄賦語也是日往觀之

十五日晴

午後過子義六讀管子冥搜妙悟時迄啓予

得家書 又得于幼棠書

十六日晴

寄家書

都中寄筍韭 邀子義晚酌

十七日晴

得家書

十八日晴

寄復陳伯潛書 安圃書

傍晚吳西白自陽高會鞫天鎮案便道見訪

十九日晴

吕子莊秀才贈百合秋梨

夜西白出城回天鎮

二十日晴

二十一日晴

得安圃書 再同書 載之書

過子峩雜談攜其所讀筦子駢閱之其與余意同者錄入拙著有未能遽定者附錄於此

猨猱三伢喻人各有能以明人不可矜專 獨王作獨主 此説可采

此言於山谿十六伢見水五字 十分去一攻 四則去二〇 三則去三〇 二則去四〇 三〇 一尺而見

水〇 一尺内乃劉説 戰之自勝 勝作敗 得地而不能實 實作守 謀十官 十作于 七法

八分作符節 可爾典法 筴籍 身長臣工 本三 史四 經五 與余説同 紀六 即六 東樣七 即七法 存攷

計緩急之事于字 計下有 以必明必 句為四樣 與余不合 存攷 以上幼官 五輔曰實壙虚以

下另是一篇 不失 作不矢 矢陳也 此説勝王 生而不死者二 註二者愛樂 此篇 今作

節 人主 國有 生而 為善 王主 凡國 愛人 先王 饒目 時者

先王 人敀 凡萬 得之 一百 先王 賢大夫 敀曰 賊國 夭以 眾人

凡國 命屬 眾勝 人主 凡人 先王 日益 眾人 去愛丼二句 與王異

人主明賞天道釜鼓先生 此金不消並而可 村之甚堅 八觀第一節 諸為解

萬家上下互易 法禁自君之置其儀云 正律而自正矣 主之聖王既沒云國

之危也 六云之与余大指合 是謀三正 則生之以養私不死 校作賊生以私養死士 蘇作枝解 与余合

二十二日晴

二十三日晴　得再同書

二十四日晴

二十五日晴

子莪来談

二十六日晴

寄復戴之書　寄合肥書　昨夜得詩三首一寄琴生一寄冉同
謝張宇專記一奉袁潤民師入覲
薄暮得家書寄管子兩部一方望溪刪定本一士礼居宋本
仍是翻刻
二十七日晴
復安圃書　日來天勢漸寒　張訒菴來　借俞蔭甫諸子平議
二十八日晴
校管子三篇
二十九日晴

過于栽

十一月初一日晴

得安圃書 附八弟書 九弟至都

初二日晴

復安圃書 答龍松琴

初三日晴

淮南說林訓的、者獲提、者射高訓提ㄑ為安王氏謂提乃題字說

文題也俞蔭甫以為提ㄑ字王說以下文太白若辱大德若不足故行迴

就之俞以為提、則睽字不可通矣毛詩弁彼鸒斯歸飛提ㄑ傳提ㄑ

羣頭正是淮南〻捷〻者射羣則爲彩所見矣似不必改字也

初四日晴

初五日晴

起甚早　午後安圃書来　龍松琴過談於詩不滿漁洋而頗許袁子才厲樊榭復論黃河形勢　夜得合肥書

初六日晴

合肥十月二十七日書言緬甸全爲英踞束手無策　魏默生聖武記載師範滇繫入緬路程甚詳當乾隆盛時傅文忠阿文成以中原全力八旗重臣攻緬無效今朝重信義將帥無人又際南越休兵之後宜不暇從

事細尙碩滇邊騰越通英俾滕通法五金之卅又使俄族垂涎危哉岌乎朝鮮外屬劉伐雷々從一車進駐東邊以張聲勢袁世凱至漢城估其國政碩無益也

昌黎讀皇甫湜公安園池詩東雅本持摭叢談注識豈有賊雖臚列各本之異而闕字不補方扶南本所之援攷異引劉貢父云持摭叢境間則作澗者乃此本善本也此詩實不佳尊韓者所當知

初七日晴

家書來 潤師廿九到京初二日請安

嚴範孫吉士書來論刻此學海堂課藝並告子涵欲集

貲為余納罰鍰以贖琴生書來洪琴西遣其世兄至津欲訪余塞上琴生止之余亟書並止琴生琴約其明春同來迺子哉

初八日晴

作家書

讀漢書蓋寬饒傳執金吾議以寬饒指意欲求禪大逆不道百官表神爵二年南陽太守賢為執金吾班氏不著其姓氏殆失痺懸之情蓋君剛直高節殆違明哲之義而班以為深刻喜陷害人似亦周內

初九日晴

初十日晴夜雪

潤師專人來並安圃再同書再同有戴子高校筦子不見假

此乃新書何臧祕如此

子栽及呂子莊來

作復書與潤師交戚升入都

十一日晴午後陰

登城望雪

十二日陰

十三日晴

連日天時漸寒非鑪不煖墨硃茶欠無大略似都下特夜風撼窗櫺使人卧不能貼耳

管子章句初稿成

十四日晴 樂山書來寄石花水魚四尾並告月之初八交卸撫篆

天甚和 和竹坡詩二首 過于莪談甚暢

十五日晴

十六日晴

借于湎諸子平議之管子八卷手錄之已竟

咸弁回得安圃及 潤師復書並寄鑄綱珊瑚一部

是日冬至

十七日雪

復安圃書 子涵書 和竹坡詩 候柳門書

張子騰侍郎卒子騰與余赴居汪共作總辦半年

十八日晴

雪後彌晴暄汪莞子三事讀文選十餘頁

秦伯猶用孟明相傳以為美談黃東發獨謂孟明不知鄭之不當襲

大師出而輕雖王孫滿尚幼猶知其必敗雖再敗之餘鼓勇焚舟不

過晉不與爭而已豈嘗有功于秦者哉秦之能霸以穆公之賢而

秦國强耳世乃以其焚舟之勇傳誦為美談不知秦晉報復

暴兵千里更四君而不休皆孟明啓之外誤其君內遺其父不才

孰甚耶 黃氏此論自有為而發若論孟明則略肖龔鄭之

倖啟之者杞子尊賁之者穆公觀蹇叔之陳知孟明亦心不（孟明一見犒師即謂鄭之有備國）

謂然但既為將帥似無怯敵之理使非弦高犒師先彰歫險（如蹇叔老成强諫不入）（或千里襲人應行趨利致犯兵家之忌）

亦未必遽如王孫之言至其趦兵無禮或年少氣充記律未精（諸）

及其焚舟立功則雪恥復仇績效已著此與荀林父之成潞于大（國可蓋其前愆。）

略相似葛公之出散關大略相似矣稍回責人無已耶至秦晉（何某跋之）

乙酉

六十

豐潤張氏澗

構兵四廿不休則肇於先軫之不報秦施而伐其師本出意外其後趙盾置君如舉棋公子雍而忽迎忽距更与孟明河涉宋人論事大氐如此固非余之枉孟明以自解也

十九日晴

黃氏日抄論介推特澹泊而洁激之人出無共濟艱難之謀即不去亦豈若趙衰舅犯輩能佐其君以興晉介推事紀載不一姑以左氏傳論之其言甚高其志甚斷然見才之不遇狐趙者使果無足取晉重亦豈肯引過旌善哉東萊前及介山可謂非矣

二十日晴

得西白書西白將遣人入都繞道過此以一函寄安圃

午後子嶷来談張沚蒓来邵二夜松琴来
琴生寄廣韻澤存堂本所據宋本元泰定本杜詩草堂麻沙袁子久寄狐裘
一襲均托王楓丞送来
松琴以其尊人画稿索題
寄渼樂山書
二十一日晴
約松琴同過沚蒓吕秀才在坐
作致琴生書
二十二日晴

薄暮沚蓮來

二十三日晴

天時漸寒午後過子嶽略坐

夜作致洪琴西汪仲伊書並疊前韻寄琴生

二十四日晴

得十六十九兩日家書知粹玉十六又犯肝風舊證十八日略愈潤師改十九

日請。刊閱甚、

過松琴略話、

二十五日陰午後晴

閱周禮注疏。以證管子兼可攷禮

天官瘍醫以五氣養之鄭注五氣當為五穀字之誤也余謂氣字

不誤此康成不知醫故誤改耳段氏周禮漢讀攷王氏經義述聞均無說

校刻元泰定本廣韻即顧亭林所刻之本為朱竹垞所譏者

二十六日晴

南齊書王儉傳上使陸澄誦孝經自仲尼居而起儉曰澄所謂博而

寡要臣請誦之乃誦君子之事上章上曰善張子布更覺非奇

也此明襲吳志可謂穢〔瑣〕雜

柳世隆字彥緒著龜經秘要二卷攷舊唐書經籍志龜經三卷柳彥

乙酉

六二

諭撰又一卷劉寶真撰又一卷王宏禮撰又一卷蔣道名撰又一卷孫思邈撰不言柳世隆之三卷豈其書至唐已佚抑柳彥詢即彥緒也行篋無隋書佚詳攷

二十七日晴有風

寄安圃書高陽由關學遷侍郎

張融自序夫文豈有常體但以有體為常政當使常有其體丈夫當刪詩書制禮樂何至因循寄人籬下　融自名集為玉海司徒褚淵問玉海名融答玉以比德海崇上善玉海之名甚佳惜為王伯厚所掩

二十八日晴

午後一無所營夜微醺睡甚早　寄安圃書 配王氏雜志

得琴生書並和詩

二十九日晴

午後何子峩来　夜合肥書至並仲彭闈卷兩本

三十日晴

寄安圃書附戴之書王都司慶有人回津附復合肥及琴生信

十二月初一日晴

得家書知粹玉病未愈　湖師已於十一月二十六日赴豫矣

同巷有新修三皇廟姑進一游並登城縱目以遣悶懷

任彥昇彈劉整前所敘劉寅妻范及海鹽鮮列稱云云下注昭明刪此文大略故詳引之使與彈相應也則此段乃善所引非文選原文故但何以是昭明所存之略何以為崇賢所引之書不可辨矣

初二日晴

寄家書並子涵書

初三日晴

薄莫過子載

初四日晴

得家書安圃轉户科　作書復之

閻恩大拜張子青福箴亭得協揆額調管兵部崇調吏部

福調户部翁調户部潘補工部麟補工部

初五日晴

馬宗槤左氏補注甚精昭十年欒施高彊來奔上云敗諸鹿門

引臧紇斬鹿門之關以出奔邾為證疑鹿門為魯關名非是上

戰于稷引桓公微服而行於民間有鹿門稷者行年七十而無妻此鹿

門乃齊地之確證下乃云稷門為齊城門之證疑刊本有誤

後漢呂强傳引穀梁傳財盡則怨力盡則懟

初六日晴

昨日傍晚王都司送馬來試騎

初七日晴

晨得安圃初四日書粹玉病漸瘥八弟有書質民頤來

韓民有書再同有書　適有人便復謝質民

初八日晴

得家書內附倉兒稟讀書漸有進境可慰

午後子裁來小坐言史遷以腐刑故無論事斤斤於恩怨致讀史

者相習成風大為世俗之累余謂存此説以風世可也莊子嵗在闇
居能作此語殊可敬也
周玉山觀察自津寄筍麵筋又龍井茶余與玉山無深交而
玉山以余在譯署措置与其凡論合故患難中禮意殊篤
托之以見古誼
初九日大雪午後霽
得家書寄百金來
初十日晴
復都中書　接管子幼信箱

十一日晴

午後松琴來

十二日晴

十三日晴

過子箴

十四日晴寒有風

夜得樂山書即復之

十五日雪

十六日晴

過鄰家李氏聞有閒房出賃也

得家書

十七日晴

答杜琴談不甚暢而返

十八日晴

十九日晴

夜石生來

二十日微陰

至合誠店答石生夜邀之飲

二十一日晴

過子莪

二十二日晴

宜敬村致肴核未欲受之再辭而去午後過之談

定云盛京兵弱而驕吉林兵悍而驕黑龍江兵愚而驕言非似誇

穆春巖余不賞一詞

二十三日晴

又過子莪　夜有偷兒入室已取衣物置之穴隙矣復以火入余書室冀得金帛故籍縱橫非所好也余睡未熟見火光笑曰欲

讀書乃大驚遁去並衣物不取乃知貪得無厭者並不可以作賊
也
二十四日晴
二十五日晴
宣鎮王楓臣送禮八種受其橘十枚蘋婆果八枚戴大令（作楫）送
米兩石煤千斤豬一片酒一罎屢辭受之定將軍亦送橘筍
家寄冰糖山查來內人病中尚復瑣屑料量乃知成人賴有室
家殊無遷謫之感
臧升踈得合肥復書並琴生仲伊復書

今日風大甚寒

二十六日晴

寄家書　石秀才送雉兔魚鴨

二十七日晴

晚過松琴

潄蘭請劉合肥海軍差使趣曾紀澤遄睞陳師

皆以更張亂政交部議

二十八日晴

子箴來

二十九日晴

陳伯平自大同寄百金來並欲約爲昏姻作書詩復之

夜龍伯琴來

除夕晴　夜微雪

兩日來稍有咳嗽

京相璠著春秋土地名　元和姓纂云晉有京相璠著春秋土地記三卷　東濟南

光緒十二年丙戌正月朔 黃岦先生在城南戍所讀孫子兵法

是日天陰 午後晴 過何子蕺縱談至暝而歸

初二日晴有風

檢比書籍

初三日晴

午後龍松琴來 晚呂子莊來失館求爲援手

初四日晴

答龍呂

初五日晴頗有春意

子莪來

初六日晴

初七日晴微寒

過子莪見邸報潄蘭降調廖壽恒補兵部右侍郎榮祿以報効槍支銀兩開復降二級處分

初八日晴

作家書 八弟 復潄蘭書

初九日晴

袁楅田京王都司覓一庖人代之

張仝來晚松琴來

初十日晴

得仝樂山書又得家書知梓病略愈

十一日晴

作寄合肥及琴生書交王都司

十二日晴

王都司來又赴津 得家書 得合肥書

十三日晴

晨起又得合肥書 午後長靜村來

十四日晴

十五日晴

十六日晴

十七日晴

十八日晴

　于尊召飲

十九日晴

　復合肥書

二十日晴

二十一日晴

于莪来談

二十二日晴

二十三日晴

二十四日晴

得梁山書近得一子正月初一日生爲之狂喜作書賀之

二十五日晴

過于莪

二十六日晴

得合肥書

二十七日晴

孫太守詩公風闌宦中五字

子莪未談

二十八日晴

二十九日晴

子莪未談方銘山來書贈余長歌卻之

三十日晴

得家書

二月初一日晴

寄家書內有八弟一書 周子玉一書 得琴生書

過子蕺、復銘山書、

初二日晴午後陰夜大雪

閱洪琴西將遣其子來視余。屬僕輩絜西坒待之。

初三日晴

初四日晴

得家書 過松琴

樂山到京

初五日晴

松琴來談許借吳山尊所刻管晏合編 山尊所注乃晏韓合編也亦賅絕未備

初六日晴午後微陰

多倫協副將譚興魁來

初七日晴

得安圖書

復合肥並附寄省三書

初八日晴

袁燦自都中來 李高陽知貢舉

初九日晴
寄家書 二李相書
初十日晴
過子莪略談
十一日晴 雪
西蘅甫來是日適雪因仿坡老黃州意名之曰西南雪堂 故此即去冬館一時西南堂更有西南向白
十二日晴
十三日晴
過子莪小酌談甚暢

十四日晴

十五日晴

子蕺來談

從祺擢理藩院尚書托倫布授察哈爾都院字子明

十六日晴

得安圃書知內人病甚劇

聞鐵香惠疴甚危復以不往勘畛下部嚴議過子蕺略談詞甚

十七日晴

遣來存入都問疾亦無聊之下策耳

十八日晴　秀才李秀瀛求助以行資贈之四兩

十九日晴

二十日晴

得安圖書言捧甚劇

二十一日晴

過子峩

二十二日晴

得安圖書以捧病延陳荊門甚效作書復之　晚朱存誅

二十三日晴

復合肥高陽書專足入都

二十四日晴

賀從秋舉白子岱相值午後子岱來張介文至

二十五日晴

過子岱

二十六日晴

安圃書來言子岱錢入錢求歸事午過子岱作書以安圃

二十七日陰有風

二十八日晴

二十九日晴

三月初一日晴

初二日晴

初三日晴

午後宿榆林

初四日宣化鎮雞鳴宿朱存先馳

初五日沙城鎮懷來宿

初六日至岔道夜朱存歸

初七日

初八日復遣朱存入都

初九日得書繼婦于初八日病故

初十日公瑕出關一談

十一日宿沙城　十二日宿宣化　十三日晴　子箴來

十四日子箴來

十五日子箴來

十六日雨

十七日褚福來

十八日得再同專信知廿二日殯廣惠寺

十九日晴

二十日晴。工外雪，故甚寒。

廿一日晴

告觀察順來

廿二日晴

漢有北平太守畢縣，河間人、毋終子嘉父、瞿國居也，因氏焉、

西方、北平、前燕慕容廆以西方武爲股肱、又西方因以文章知名、

采、黄帝封其子于右北平，果亭因氏焉、北平、漢度遼將軍果

毓、見英賢傳、晉東莞太守采耿，至隋，道陽郡主簿采猛，狀云耿之

丙戌

八

豐潤張氏澗

後也生宣明、公敏宣明給事中刑部侍郎生懷敬、敬吏部郎中宗

正少卿、生庭芝、蘭芝、公敏黃門侍郎、生泰眷、在金吾將軍相州刺史、

漢左。云誤 當是左 北平太守賤 瓊 風俗通

張 黃帝第五子青陽生揮 為弓正 觀弧星 始制弓矢 主祀弧星

周姓張氏 秘笈新書 師子世本 鄭有勵子漢 漢有北平太守師子將

後魏道武時有北平王長孫嵩 無慮之先

後魏北平太守曾孫頤撫 敬頤 平陽人

廿三日晴

廿四日晴

廿五日晴

廿六日晴

廿七日晴

廿八日晴

兩兒自京起程、

廿九日雨、旋霽、

遣武明勝迓兩兒

三十日晴

祭義、故禮之教化也微、其止邪也於未形、使人日徙善遠罪而不自知也、

是以先王隆之也易曰君子慎始差若毫氂繆以千里此之謂也

四月初一日晴大風

初二日晴

兩光至塞上

初三日晴

作寄丹同書還其儀函其回

初四日晴

過都統

爲光輩開館

初五日晴

初六日晴

初七日大雨

初八日晴

初九日晴

初十日晴　崔升田景州

十一日晴

張今昨日來

何休有論語注已佚劉逢祿論語述何寧多杜撰兹檢公羊解詁凡引

論語者錄之

躬自厚而薄責於人　隱二年紀履綸來逆女傳注內逆女常書外逆女但疾始不常書者明當先自正躬自厚而薄責于人故略外也

俞蔭甫已輯為一卷閒有遺漏已墨于俞纂之上不必輯矣

十二日晴

得吳清卿副憲書時赴琿春勘畍

周禮條狼氏掌執鞭以趨辟。鄭注趨而辟行人若今卒辟車之為也

孔子曰富而可求也。雖執鞭之士。吾亦為之。言士之賤也。

樂師令相鄭注令視瞭扶工鄭司農云告當相瞽師者言當罷也瞽

師盲者皆有相道之者故師冕見及階曰階也及席曰席也皆坐曰某在斯某在斯曰相師之道與

太師教六詩曰風曰賦曰比曰興曰雅曰頌注鄭司農云古而自有風雅頌之名故延陵季子觀樂於魯時延陵季子觀樂於魯時孔子尚幼未定詩書而因為之歌邶鄘衛曰是其衛風乎又為之歌小雅大雅又為之歌頌論語曰吾自衛反魯然後樂正雅頌各得其所時禮樂自諸侯出頗有謬亂不正孔子正之

大司馬中春教振旅以旗致民平列陳如戰之陳注兵者守國之備孔子曰以不教民戰是謂棄之兵者凶事不可空設因蒐狩而習之凡師出曰治兵入曰振

旅皆習戰也四時各教民以其一焉

士師下大夫注士察也主察獄訟之事者鄭司農說以論語曰柳下惠為士師

匠人九夫為井至間之澮注滕文公問為國孟子曰夏后氏五十而貢殷人七十而助

周人百畝而徹其實皆什一徹者徹也助者藉也龍子曰治地莫善於助

莫不善於貢貢者校數歲之中以為常文公又問井田孟子曰請野九一而助

國中什一使自賦卿以下必有圭田圭田五十畝餘夫二十五畝死徙無出鄉鄉

田同井出入相友守望相助疾病相扶持則百姓親睦方里而井井九百畝其

中為公田由此觀之雖周亦助也魯哀公問於有若曰年饑用不足如之何其有

若對徹也春曰盍徹乎曰二吾猶不足如之何其徹也春秋宣十五年秋初稅

畝傳曰非禮也穀出不過藉以豐財也此數者世人謂之錯而疑焉以載
師職及司馬法論之周制畿內用夏之貢法稅夫無公田以詩春秋論語孟
子論之周制邦國用殷之助法制公田不稅夫
小司寇二曰議故之辟注故謂舊知也鄭司農云故舊不遺則民不偷
鄉士士師受中注受中謂受獄訟之成也鄭司農云士師受中若今二千
石受其獄也中者刑罰之中也故論語曰刑罰不中則民無所措手足
鄉士肆之三日注鄭司農曰肆之三日故春秋傳曰三日棄疾請尸論語曰肆
諸市朝　賈疏引憲問篇注云大夫於朝士於市公伯寮是士止應曰云
肆諸市連言朝耳

司厲其奴男子入于罪隸女子入于舂槀注鄭司農云謂坐為盜賊而為奴
者輸於罪隸舂人槀人之官也由是觀之今之為奴婢古之罪人也故書曰
予則奴戮汝論語曰箕子為之奴罪隸之奴也
太祝六曰誄注或曰誄論語所謂誄曰禱爾于上下神祇
隸僕掌五寢之埽除糞洒之事注汜埽曰埽埽席前曰拚洒灑也鄭
司農云洒當為灑冬謂論語曰子夏之門人當洒埽應對
鮑人雖敝不甐注甐故書或作鄰鄭司農云鄰讀為磨而不磷之磷
凡畫繢之事後素功注鄭素白采也後布之謂其易漬汙也不言
繢言以絲也鄭司農說以論語繢事後素

乃立天官冢宰使帥其屬而掌邦治注鄭司農云邦治謂摠六官之職
也故太宰職曰掌建邦之六典以佐王治邦國六官皆摠屬於冢宰故論語
曰君薨百官摠己以聽於冢宰言冢宰於百官無所不主爾雅曰冢大也
冢宰太宰也
二曰敬故注敬故不慢舊也晏平仲久而敬之
大司徒諸公之地封疆方五百里其食者半注鄭司農云其食者半公所食
者租稅得其半耳其半皆附庸小國也屬天子參之一者亦然故魯頌曰
錫之山川土田附庸奄有龜蒙遂荒大東至于海邦論語曰季氏將伐顓臾
孔子曰先王以為東蒙主且在邦域之中是社稷之臣也非七十里所能容然

則方五百里四百里合於魯頌論語之言

鄭氏一曰至德以為道本鄭注至德中和之德覆幬持載含容者也孔子曰

中庸之為德其至矣乎

州長各掌其州之教治注鄭司農云二千五百家為州論語曰雖州里行乎

哉春秋傳鄉取一人焉以歸謂之夏州

黨正各掌其黨之政令教治鄭司農云五百家為黨論語曰孔子於鄉

黨又曰闕黨童子

小宗伯大烖及執事禱祠于上下神示鄭注求福曰禱得求曰祠讄曰禱

示于上下神祇

十三日微雨

得王雲舫書

曲禮不妄說人注為近佞媚也君子說之不以其道則不說也

不辭費注為傷信君子先行其言而後從之

不訾不苟笑注人之性不欲見毀訾不欲見笑君子樂然後笑

請益則起注益謂受說不了欲師更明說之子路問政子曰先之勞之請益曰無倦

故君子戒慎不失色於人注色厲而內荏貌恭心很非情者也

國君撫式大夫下之大夫撫式士下之注撫式小俛崇敬也乘車必正立

曲禮下侍於君子不顧望而對非禮也注禮尚謙也不顧望若子路帥爾而
對
袗袗絺綌不入公門注袗單也孔子曰當暑袗絺綌必表而出之為其形褻
檀弓叔孫武叔之母死注武叔公子牙之六世孫名州仇鼓公子者
檀弓下弔於人是日不樂注君子哀樂不同日子於是日哭則不歌
悼公之喪章節注存時不盡忠喪又不盡禮非也孔子曰喪事不敢不勉
子張問曰書云高宗三年不言言乃讙有諸注時人君無行三年之喪禮者問有此欲怪之也讙喜悅也言乃喜悅則民臣望其言久
仲尼曰胡為其不然也古者天子崩王世子聽於冢宰三年冢宰天官卿貳王事者三年之喪使之聽朝

殷人作誓而民始畔周人作會而民始疑注盟誓所以結衆以信其後外恃衆

而信不由中則民畔疑之孔子曰其身正不令而行其身不正雖令不從

禮運大夫具官祭器皆不假聲樂皆具非禮也是謂亂國注臣之奢富擬於國

君敗亂之道也國孔子謂管仲官事不攝焉得儉

郊特牲鄉人禓禓強鬼也謂時儺索室敺疫逐強鬼也禓或為獻或為儺孔子朝服立于阼

存室神也神依人也

黃衣黃冠而祭息田夫也注祭謂既蜡臘先祖五祀也於是勞農以休息

之論語曰黃衣狐裘

玉藻振絺綌不入公門表裘不入公門注振讀為袗袗禪也表裘外衣也二者

丙戌

彤且褻皆當表之乃出
麑裘青豻褎絞衣以裼之注豻胡犬也絞蒼黃之色也孔子曰素衣麑裘
羔裘豹飾緇衣以裼之注飾猶褎也孔子曰緇衣羔裘
狐裘黃衣以裼之注黃衣大蜡時臘先祖之服也孔子曰黃衣狐裘
子游曰參分帶下紳居二焉紳韠結三齊注紳帶之垂者也言其屈而重也
論語曰子張書諸紳
少儀不道舊故注言知識之過失損友也孔子曰故舊不遺則民不偷
其未有燭而有後至者則以在者告道瞽亦然注為其不見意欲知之
也師冕見及階子曰階也及席子曰席也皆坐子告之曰某在斯某在斯

學記時觀而弗語存其心也注使之悱悱憤憤然後啓發也

君子曰大德不官大道不器大信不約大時不齊察於此四者可以有志於学矣注本立而道生言以学為本則其德於民無不化於俗無不成

樂記禮樂之情同故明王以相沿也注沿猶因述也孔子曰殷因於夏禮所損益可知也周因於殷禮所損益可知也

干戚之舞非備樂也注樂以文德為備若咸池者孔子曰韶盡美矣又盡善也謂武盡美矣未盡善也

喪服大記

袍必有表不禪衣必有裳謂之一稱注袍褻衣必有以表之乃成稱也雜記曰子羔之襲繭衣裳與稅衣纁袡為一是也論語曰當暑袗絺綌必表

而由之亦為其褻也

祭義子之言祭濟濟漆漆然注漆漆讀如朋友切切

仲尼燕居子曰給奪慈仁注奪猶亂也巧言令色之人似慈仁實鮮仁

師也過而商也不及注過與不及言敏鈍不同俱違禮也

坊記

孔子閒居論語曰三年無改於父之道可謂孝矣注不以己善駮親之過

微諫不倦注微諫不倦者子於父母尚和順不用鄂鄂論語曰事父母幾諫見志不從又敬不違內則曰父母有過下氣怡色柔聲以諫諫若不入起敬起孝說則復諫此所謂不倦

詩云采葑采菲無以下體德音莫違及爾同死注此詩故親今疏者言人之交

當如采葑采菲取一善而已君子不求備於一人能如此則德音之美音不離
令名我願與女同死矣論語曰故舊無大故則不棄也
子曰好德如好色注此句似不足論語曰未見好德如好色疾時人厚於色之
甚而薄於德也
中庸子曰中庸其至矣乎民鮮能久矣注鮮少也言中庸為道至美顧
人罕能久行
正己而不求於人則無怨上不怨天下不尤人注無怨人無怨之者也論語曰君子
求諸己小人求諸人
君子之所謂義者貴賤皆有事於天下注言無事而居位食祿是不

義而不當曰貴

緇衣子曰南人有言曰人而無恆不可以為卜筮注恆常也

易曰不恆其德或承之羞注羞猶辱也

三年問孔子曰子生三年然後免於父母之懷夫三年之喪天下之達喪也注達

謂自天子至於庶人

大學與其有聚斂之臣寧有盜臣注國家利義不利財盜臣損財耳聚斂之臣

乃損義論語曰季氏富於周公而求也為之聚斂非吾徒也小子鳴鼓而攻之可也

射義孔子曰君子無所爭必也射乎揖讓而升下而飲其爭也君子注必也射乎

言君子至於射則有爭也下降也飲射爵者亦揖讓而升降勝者袒決遂

執張弓不勝者襲說決拾卻左手右加弛弓於其上而升飲君子恥之是以

射則爭中

喪服四制祥之日鼓素琴注鼓素琴始存樂也三年不為樂樂必崩

十四日晴

得鶴巢書

十五日雨

十六日雨

十七日晴

桂晃托予明

十八日晴

杜來答

十九日晴

二十日晴　祥仁姐來　烏成參贊

二十一日晴

連日注管子樞言

二十二日晴

九弟來

二十三日晴　二十四日晴

二十五日晴午後大雨

九弟東歸是日琴生至宣與九弟晤

二十六日晴

琴生來邀不果往

二十七日晴

張合來 得安姪書並銀二百兩合肥賑款

二十八日晴

二十九日晴

祥仁世來辭 夜答之

五月初一日晴

桂丙生夢廬洪翰香大令朱九香趙采臣兩孝廉在坐

初二日晴

初三日晴

還塞上

初四日晴

初五日晴

初六日晴

寄都下書 復詒公一書

十三日晴

翰香來

十四日陰

張仝來

十五日晴

同翰香至宣化

二十廿晴

由宣化歸

二十一日晴至三十日晴　廿七廿八雨深

六月初一日晴
薄暮過何子峩略話
初二日晴
初三日雨 香濤遣芮祥來
初四日雨
初五日晴
初六日晴 芮祥賫改香濤書以棕花肉摩姑寄報
初七日晴
初八日晴

初九日晴　初十日晴

十一日晴

得安圃書知倪太病危

十二日晴

遣蘇福歸

寄合肥書　附吳清卿和詩

十三日晴

十四日大雨雹

十五日雷雨

得琴生復書

二十日晴

琴生之子頌氏廿講來住三日廿三日去

二十四日大雨

目廿四至廿九雨多晴少

東郭、齊公族、桓公之後也。齊大夫偃東郭書、見左傳、又大陸子方號東郭賈
齊八姓有東郭子魏、又侯特東郭子惠、見說苑
齒元之後以國為姓。 齊季、齊襄公子季毋楚因氏焉、
常、云黃帝常先後書引 姓氏新 齊有侍乙管仲誅之 齊有豎刁子孫内
焉 管、文王子叔鮮封于管、因氏焉、管仲名夷吾字敬仲、仕齊、又管至父、並有
管也卿、 鮑、姒姓、夏禹之後、有鮑叔仕齊、食采於鮑、因氏焉、
晏、左傳晏桓子、名弱、齊公族、生嬰字平仲、 召公奭之後、或作呂、齊公忽
甯、衛康叔之後、至武公生季亹、食采於甯、齊有甯戚
姜姓、炎帝之後、封鉅為黃帝師、胙土命氏

出塞日記 丙戌

七月初一日晴

初二日晴

子箴來談

初三日晴

午後琴生同年自宣化來留宿草堂

得汪仲伊書並寄所著逸禮兩卷洪翰香書寄樊洲集一册

與琴生夜談竟夕不能成寐

初四日晴

晚邀子嶷琴生小酌

初五日晴

琴生回宣

懷安岳烘乃雲石先生倫之後持其先世奏稿詩文稿求余一閱烘兄弟三人長燈次燁烘其季也人甚勤樸務農守分雲石之澤長矣集凡奏稿一卷詩稿二卷文稿一卷

倫以行人司右司副疏劾張璁桂萼大略謂璁萼立黨亂政移易人心特人有持權方二載暗換一朝人之謠奉旨張璁著回家省改以圖後用桂萼著革去散官著以尚書致仕去吏部會同都

察院分別覆與奏來覆治岳倫既見如此何不早言著法司提了問王準也著法司提了問該衙門知道旋謫齊東縣主簿攷明史槁張璁桂萼傳但載孫應奎王準陸粲論劾不及岳倫陸粲傳附及劉希簡王準亦不書倫事似太疏漏（孫應奎傳僅及粲準）

倫在齊東二年擢曲沃縣知縣嘉靖十二年十月大同軍變戕害主將具疏議征討大計旋丁父憂服闋補工部主事升員外郎二十八年上幸承天倫首具疏乞留奉旨朕茲行非慢遊無事此又非聽人引誘岳倫這廝好生恣肆悖惡著錦衣衛拏送鎮撫司打著問了來說該衙門知道倫下獄二百餘日上回京革職旋以杖傷卒

致明史稿王廷相傳帝將幸承天廷相與諸大臣諫不納扈從還
以九年滿加太子太保本集其子岳魯請邺揭謂倫疏入次日王廷相亦
上疏旬日之間九卿科道各先後具疏諸臣皆宥而倫以論璁萼疏嘗
及夏言以揭救廣胄忤郭勛 上揭末 以非嚴嵩屬託商人忤嵩致
言等譖倫首倡浮議搖惑人心乃請名奸巧之徒隆慶中卹贈
遂久繫請室卒以杖傷死
太常寺少卿史稿於王廷相傳亦遺之
明詩棠旨酒芳以其為一紙[illegible]
株式敘特存之

初六日晴

家忌

初七日晴

過于莪略談
袁燮秋寄裘一律 交松岑見示
初八日晴
王楓臣總兵見訪 時多倫有馬賊行劫
初九日晴 午後大雨旋霽
韓秀才思睞午飲餞之
初十日晴 未刻急雨驚雷 夜大雷雨
韓秀才歸 遣褚福送之 寄岳圖再同書
定靜村送鮮菇一合 晚得九弟書

自課西見窗外有野藤一本垂蔓作花誇于紅綠相間致可愛也因名之日垂藤陰館余作小記而命蒼見作一詩以綠藤陰下鋪歌席命陳見對之陳見應聲曰紅杏花前賜繡衣亦頗與會

藤陰館記

詩云南有樛木葛藟纍之又曰蔦與女蘿施于松柏藤之為性每緣木而始生雖附于松柏之中甚不能卓然自立也明矣及其為用也繇或杖之笻或藥之子或羹之雖足以扶衰養氣為功亦至微細耳塞上山童土惡草木不生余居又僻酒力不解致掘井引水以灌蔬蒔藥明庭蕭然面壁而已惟牖南野藤一本高可蔽檐根直不曲六七月之間

山雨驟來清風時至疏花長蔓結子盈升丹碧相間雖其材不大其味不甘而不階尺木不藉沈泉拔地而起脩陰垂條新綠入目致足尚也通都大邑貴族豪家一花一木皆有記識至於山巔屏葛之屬援攜附翳不可勝紀亦蓬蒿藜藿視之矣而斯藤孤立於童土確居之地獨以罕而見珍將有記而述敘抑以無用而得全也嗟乎楷柳拼欄以論都而貴卷施薜荔以入騷而悲物固有幸有不幸耶以藤全名吾居亦猶黃岡之竹樓儋耳之桄榔菴自適其適云爾

明日六月不炎藍綠映窗紗有異藤日午溪風舒碧蓋夜涼山雨對青燈誰云北道無嘉樹自愛南堂待好月謂章太守文展用韋蘇州屋補

謫居清趣冷於冰 壽蒼所作余稍潤色之点頗不俗

十一日晴午後微雨

自定課程午後讀管子夜讀三史及蘇詩

琴生以先輩無師致書邀余父子過邸復書辭之

十二日晴

十三日晴

午後子箴來談

十四日晴午後大雷雨

課詩五拔貢過談 名居寶子箴客粵人

後漢書光武紀建武元年春正月光武北擊尤來大槍五幡於元氏追至右北平連破之章懷注案東觀記續漢書並無右字此加右誤也薊州西南別有右北平郡故城非此也

十五日晴午後微雨

光武紀十五年二月徙鴈門代郡上谷三郡民置常山關居庸關以東山字疑

注補 二十六年南單于遣子入侍奉奏詣闕於是雲中五原朔方北地定襄鴈門上谷代八郡民歸於本土遣謁者分將施刑補理城郭發遣邊民在中國者布還諸縣皆賜以裝錢轉輸給食注東觀記曰時城郭丘墟埽地更為上悔前徙之

安紀元初五年冬十月鮮卑寇上谷建光元年八月鮮卑寇居庸關

十六日晴午後大雨夜雨更甚

桓紀元嘉二年十二月右北平太守和旻坐臧下獄死

靈紀中平四年六月漁陽人張純與同郡張舉攻殺右北平太守劉

政

雪石先生詩二卷略涉七子風尚如此也錄其飲谷少岱草堂一聯曰野水合秋碧煙林見晚青頗似晚唐人語送孫南村赴廣東一絕曰海南尚有林廷尉憂國遙憐雪滿簪亦學杜而有神韻者 岳烘在旅肆久待故錄其集

荅梁拔貢

十七日晴

御覽人事部一百七引莊子曰惠子始與莊子相見而問曰今日自以為鳳皇而徒遭燕雀耳坐者俱笑

張敞集敞答朱登書曰登為東海相遺敞蟹醬敞答曰蘧伯玉受孔子之賜必以及其鄉人敞謹分斯貺于三老尊行者曷敢獨享之 御覽人事部一百十九引

十八日晴

午後張沚蒓來談據云多倫騎隊已掛五旂

郡國志幽州無終縣西平城即李廣射石虎之處

隋書文紀漢太尉震八代孫鉉仕燕為北平太守

十九日晴

復洪翰香書

得許鶴巢書黃花農書

二十日晴

得安圃書

晚得琴生書

二十一日晴

復安圃書附九弟書

二十二日雨

二十三日午後大雷雨漸霽

過子箴少談即返

復合肥書

二十四日晴　琴生書來邀余父子赴郡館於此間無以復之

二十五日晴

二十六日晴

在問津以九河名義解課士鉤般河多主句股之說本之潛研也偶閱

六月箋鉤〻鞶行曲直有正也疏云定本鉤盤作鉤般因悟鉤般名河

之意周官巾車職曰金路鉤樊纓注云鉤讀如婁頷之鉤樊讀如鞶
帶之鞶謂今馬大帶是也延則此河或謂其如帶或謂其形如車行
鉤曲盤旋曲直有正句股之說非也
二十七日晴
午後子嶽及裸詩五來談
穀梁莊二十有五年傳秋大水高下有水災曰大水既戒鼓而駭衆用牲可以已
矣救日以鼓兵救水以鼓衆此駭衆足為從駭之證
二十八日晴
左莊十六年傳鄭伯治與於雍糾之亂者九月殺公子閼杜注公子閼雍糾

于艸堂石影

皆祭仲御奈叢公子閼甲公孫閼子都射考叔莊公失刑天故假手子

厲公出子孫兩字必有一誤

二十九日晴

八月初一日晴

天涼夜袷

何子峩及梁君又來

寄家書廿八 大弟 安圃

初二日晴

往答何子峩及梁君

初三日晴夜雨

得家書安圖十八大病至廿七八愈閒甚作書聞安圖疾

初四日陰

余論文雅好左氏史遷以為古之良史無逾二家即古之至文亦無過二家者世稱杜元凱有左癖實則左癖當屬之史遷耳觀其作十二諸侯年表曰魯君子左丘明懼弟子人人異端各安其意失其真故因孔子史記具論其語成左氏春秋下溯鐸椒虞氏呂不韋以及荀孟公孫固韓非而不及公羊穀梁其於儒林傳曰漢興至于五世之間唯董仲舒(名)明於春秋其傳公羊氏也又曰瑕丘江生為穀梁春秋自公孫弘得用嘗集比其義

其自叙則曰孔子厄陳蔡作春秋左氏失明厥有國語蓋自以其得左氏之

傳也課見輩讀左疏取史之足以補左者錄之

周本紀五十一年平王崩太子洩父蚤死立其子林是為桓王

許田天子之用事泰山田也

索隱以為誤恐史必有本

惠王十年賜齊桓公為伯

鄭文公怨偏惠王之入不與厲公爵

左莊二十一年傳虢公請器王與之爵鄭伯由是怨王也杜預曰爵飲酒器

也服虔曰爵飲酒器玉爵也一升曰爵人之所貴者 孔疏

辨詳鄭世家下

十六年王繼翟后翟人来誅殺譚伯

案隱云從國語不從左傳集解引唐固注以為原伯毛伯

子朝為臣　此与犇楚衆文

十六年子朝之徒復作亂敬王犇于晉十七年晉定公遂入敬王于周

此与左異

初五日晴

是日課兒輩無暇讀書

初六日晴

琴生遣車来迓兩兒

初七日晴

遣兩兒赴郡

過子箴談

托子明遣人詒果餅八種云榮仲華屬其致兒輩余與榮

無交屢致殷勤不解所以

初八日晴

釋今如來同游慧城寺寺有新桐一株雜花滿階僧不蓄經而禪

房有瘞鶴序及魯公碑帖二墨本而儒行者拟

初九日晴

王鎮自塞外歸来談

初十日晴

王鎮又来　十一日晴　晚張全来

十二日晴午後急雨一陣

安圃代延趙州孝廉李居袁澗至丙子舉人其母乞袁倜乙酉舉人　君字伲堂一字埒臣

兩兒六課

十三日晴

得合肥書　又得槩山書

十四日晴　寄安圃書

十五日晴夜月色為雲所掩
作樂山書附致合肥書並以一箋表報仲伊
十六日晴月色甚佳
遣來存赴津送樂山柩鄉
連日陪李師閒談仍兼課兒輩雖作書閱未得展卷讀也
十七日晴
李師開館
十八日晴
子箴來談

十九日晴午後雨

二十日雨午後放晴

連日體頗不適閒閱朱子集以養心節慮

二十一日晴

朱子答呂伯恭書昨見奇卿敬叩之以比日講授次第聞已令諸生讀左氏及諸賢奏疏至於諸經論孟則恐學者徒務空言而不足告也不知是否若果如此則恐未安蓋為學之序為己而後可以及人達理然後可以制事故程夫子教人先讀論孟次及諸經然後看史其序不可亂也若恐其徒務空言但當就論孟經書中教以躬行之意庶不相遠至於左氏奏疏之

言則皆時事利害而非學者切身之要務也其為空言亦益甚矣而欲使之從事其間而得躬行之實不亦背馳之甚乎佩綸案伯恭之學兼朱陸而淵源以文獻其教諸生讀左氏奏疏即周禮說所謂以三德三行立其根本又須教以國政使之通達政體也朱子砭之誠當而以左氏為空言則亦有語病觀左氏所紀春秋士大夫議論大而性道小而儀容亦自于躬行有益

二十二日晴

晨起甚煩躁讀論語三五頁始止

朱子答程允夫書黃門比之乃兄似稍簡靜 又云蘇公雖名簡靜

而實陰險元祐末年規取相位力引小人楊畏使傾范忠宣公而以己代之既不效矣則誦其彈文於坐以動范公此豈有道君子所為哉此非熹之言前輩固已筆之書矣吾弟乃謂其躬行不後二程何其考之未詳而言之易也二程之學始爲未得其要是以出入於佛老及其反求而得諸六經也則豈固以佛老為是哉如蘇氏之學則方其年少氣豪固嘗妄觝禪學如大悲閣中和院等記可見矣及其中歲流落不偶鬱鬱失志則又匍匐而歸焉始終迷惑進退失據以比程氏正楊子先病後瘳先瘳後病之說比而同之是又欲洗垢而求盡于之之瘢也 又曰蘇程固嘗同朝程子之去蘇公嗾孔文仲論而去

之也文仲爲蘇所嫉初不自知晚乃大覺憤悶嘔血以至於死吕正獻

公之遺書尚可考也 案吕伯恭以蘇氏爲唐景朱子以爲楊墨子此書

均失之過刻不免洛蜀門戶之見

二十三日晴

手裁屬作香翁書薦梁拔貢

二十四日晴

得子涵及子虞書知安姪病未愈悶甚作書訊安圖

二十五日晴

二十六日晴

常師母為兩兒寄棉衣來並得雲舫書

二十六日晴

二十七日晴

二十八日晴

汪大臣初稿竟病中亦未暇重錄也過子莪略話

復子涵書並以牛乳餅寄鶴巢

二十九日晴

三十日晴

子峨來

九月朔日晴

復庚世兄書

得再同書

初二日晴

得安圃廿六書並銀二百兩都中所存罄矣安圃病未愈悶甚

復安圃及再同書

自十八以後余頗有病意初猶強讀管子久益躁懣乃靜坐自養林蒼鑪香齋心緒慮非始疏矣又以安圃久疾今日胃痛又頭煩悶也

初三日晴

初四日晴

初五日晴

初六日晴夜雨

子峨來談知朱御史一新因劾太監李蓮英牽涉水災降主事旨以余上年劾茂林慶林言反覆而無靈張佩綸謂慰留王文韶是日即致地震當時從寬未經責飭至今餘風未已聞之悚愧

初七日晴

朱存錄得樂山書九弟書

初八日晴

遇于峨

初九日晴

石秀才自宣化来

初十日晴

苗石茂才小飲

十一日晴

石秀才田宣午後何龍两居同至

俸合肥復書又得安姪書知嫂氏病劇悶甚

十二日晴
十三日雨
十四日晴
十五日晴
晚琴生遣車來
十六日晴
晨起赴宣化午後至郿齋
十七日晴
十八日晴

琴生欲游城隅北山不果王鎮來

十九日雨

二十日晴

回塞上得大嫂訃感愴無似

廿一日晴

專足復都信

廿二日晴夜大雪

托千明來致縈仲華相念之意並贈食物

廿三日晴

千山我來談

廿四日晴
遣蘇福入都

廿五日晴 龍松岑来

廿六日晴

廿七日晴
答托都統拔刺西巳

廿八日晴
子峩来

廿九日晴夜大雪 過子峩

于艸堂石影

十月一日陰
雪意未已薄莫松琴及沚蓴相繼而至
初二日晴
以詩四律寄琴生
水經注河水二釋氏西域記曰屈茨北二百里有山夜則火光晝日但煙人取
此山石炭治此山鐵恒充三十六國用
初三日晴
過子莪
初四日晴

得安圃書

初五日晴

獨坐臥室讀莊子竟日作讀莊子兩篇

初六日晴

答龍松琴張皋文說文諧聲譜未刊行松琴之父翰臣嘗從張曜孫鈔一副本則經其子成孫改定名為諧聲譜去說文二字其本來面目不可破矣

晚琴生遣車騎見招

初七日晴

過邸齋

初七日晴

琴生于署之東偏築屋五間專為鄙人設榻頌民為作雲母窗以素帘飾壁極為雅靜晨与琴生茗話顏其室曰北海軒取東坡章質夫送酒六壺不至詩結句南海使君今北海定分百榼餉春耕之意 王鎮来

初八日晴

答王鎮 午後王及石秀才来坐竟日方去

朱久香言或（此韓文也）以為莊子乃子夏之門人蓋以田子方篇子方自言師

東郭順子而知北游篇東郭子問於莊子〻曰夫子之問也固不及質遂以莊子與田子方同師耳（成疏以問於莊子之東郭子即子方之師東郭順子其說殆不足據）不知子貢亦稱叔孫武叔為夫子不必莊子即東郭子之弟子玩其語意亦非師問於弟之辭

知北游篇莊子曰夫子之問也固不及質正獲之問於監市履豨也每下愈況向郭注豨大豕也監市履豕知其肥瘦此說謬甚質正獲履豨皆人名監市官名此言夫子之問、固不及質正獲之問於監市履豨、也每下愈況、

初九日精

琴生呂玉鎮及葛同知顧石秀才同飲

初十日晴

長春聖節有太白夜郎不頌漢酺之感

讀莊子達閱

器之所以疑神者其是歟 達生 管注

十一日晴

消息滿虛一晦一明日改月化日有所為 田子方 管侈靡注

十二日晴

得安圖書有高陽曉甌諸書又得洪翰香書知衣千久偶膺未痊

尚不至死前琴公得于梅若書頗傳于久殆死

十三日晴

琴生之族叔煥之茂才來名志文

十四日陰

十五日陰雨

余乞酒法於宜寧頌民世講以己意合藥酒一餅名之曰當樂酒為

作長歌報之

与琴生共閱柳川書院文頗多佳作

午後琴生得家書一姪殤意甚不懌相對索然

十六日陰

十七日晴

歸塞上得再同書寄冬菜豆豉

十八日晴

過子莪

十九日晴

午後張合來

得琴生書

吳書韋曜傳注曜本名昭史為晉諱改之叢永祚書如張昭周

昭自不諱何以獨改韋昭為曜不可解 昭有國語注本傳亦不載

嚴畯傳与裴玄張承論管仲季路皆傳於世

張昭傳昭每得北方士大夫書疏專歸美於昭昭欲嘿而不宣則懼有私

宜宜則恐非宜進退不安策聞之歡笑曰昔管子相齊一則仲父二則

仲父而桓公為霸者宗今子布賢我能用之其功名獨不在我乎

步騭傳上疏獎勸曰齊桓用管仲被髮載車齊國既治又致匡合

以上管注

顧雍傳孫權曰顧公在坐使人不樂晉東武子傳坐無武子不樂不知士大夫自

處將在坐使人樂為貴乎在坐使人不樂為貴乎

孫權赤烏元年詔責數諸葛瑾步騭朱然呂岱等曰齊桓諸侯之霸耳有善管子未嘗不歎有過未嘗不諫諫而不得終諫不止今孤自省無桓公之德而諸君諫諍未出於口仍執嫌難以此言之孤於齊桓良優未知諸君於管子何如耳 管注

廿日雪

過于嶽雪作而踈

魏志武帝建安十五年下令曰若必廉士而後可用則齊桓其何以霸世 此語不知所本

裴松之注引魏武故事載操令曰齊桓晉文所以垂稱至今日者以其兵勢

丙戌

廣大猶能奉事周室也論語云三分天下有其二以服事殷周之德可謂
至德矣大能以大事小也昔樂毅走趙趙王欲与之圖燕樂毅伏而垂泣對
曰臣事昭王猶事大王臣若獲戾放在他國沒世然後已不忍謀趙之徒
隷況燕後嗣乎人知武侯自比管仲樂毅不知極亦以齊桓樂毅自比
然亦迂迴異要皆當時英雄惟其所以三分故
二十二年注魏書秋八月令曰昔伊摯傅說出於賤人管仲桓公賊也皆用
之以興。
上谷代郡烏丸無臣氏等叛遣鄢陵侯彰討破之 建安二十三年
文帝延康元年秋七月庚辰令曰軒轅有明臺之議放勛有衢室

元聞管所以廣詢於下也 注引管子 已別錄

廿一日晴

定靜春之子娶婦邀飲因往賀而辭以期服

魏志公孫瓚傳瓚軍到薊中漁陽張純誘遼西烏丸邱力居等叛劫略

薊中自號將軍略吏民攻右北平遼西屬國諸城所至殘破瓚將所

領追討純等有功遷騎都尉屬國烏丸貪至王率種人詣瓚降遷中

郎將封都亭侯 劉虞為幽州牧上罷諸屯兵但留瓚將步騎萬人屯

右北平純乃棄妻子逃入鮮卑為其客王政所殺送首詣虞

傳注魏氏春秋曰初劉虞和輯戎狄瓚以胡夷難御當因不賓而討

之令加財賞必益輕漢劾一時之名非久長深慮故虞所賞賜瓚輒抄
奪虞數請會稱疾不往至是戰敗与袁紹戰　虞欲討之告東曹掾右北
平人魏攸攸曰今天下引領以公為歸謀臣爪牙不可無也瓚文武才力足恃
雖有小惡固宜容忍乃止後一年攸病死　渓小志
典略載瓚表紹曰紹又故上谷太守高焉故甘陵相姚貢橫責其錢錢不備
畢二人并命
張範傳弟承字公先是時太祖將征冀州術復問曰今曹公欲以弊兵數千
敵十萬之眾可謂不量力矣子以為何如承乃曰漢德雖衰天命未改今曹公
挾天下以令天下雖敵百萬之眾可也術作色不懌承去之　業袁術未死時曹

採無將征冀州之事即成謀傳不實而於事無徵宜從可不必錄紀之傳中徒以諛諂宦官後之役托為先見耳下云太祖平冀州遣使迎範又以將征冀州印指宦官而言未免失德不清

晚龍松琴來

二十二日晴

田疇傳注並錄 逆小志

管寧傳注傳子曰齊相管仲之後也昔田氏有齊而管氏去之或適魯或適楚漢興有管少卿為燕令始家朱虛世有名節九世而生寧 管

邴原字子昂河間鄚人也舉孝廉司徒辟皆不就易姓字適右北平

從田疇遊積五年而太祖定冀州顒謂疇曰黄巾起來二十餘年海内鼎沸百姓流離今聞曹公法令嚴民厭亂矣亂極則平請以身先遂裝還鄉里田疇曰邢顒民之先覺也乃見太祖求為鄉導以克柳城

魏志

司馬芝傳管子區言以積穀為急 管注 出別錄

蔣濟傳濟上疏三官任一日非周公旦之忠又非管夷吾之公則有弄機敗官之敝

劉放傳注魏氏春秋孫資對曰上谷太守閻志柔弟也為比能素所歸信令馳詔使說比能可不勞師而自解矣帝從之比能果釋擾而還

田豫

廿三日晴漸寒

午後蘇復自都還得九弟安圃書又得再同書

石秀才以董香光卷子求跋　卷書三詩紅樓院應制再入道場紀事

沈佺期　同游仙游觀　韓君平　自跋沈佺期兩詩与今上新年改元事相

類沈有二詩附以韓君平作時辛酉元正次日其昌識　陵本

余跋云唐賢應制詩多矣何獨取于雲卿君平在德宗朝与沈從近詩

格均不相比印信手拈毫不應率易若此細玩之乃知香光自道行藏

耳香光以講帷見忌補外泰昌初召還踰年為天啓改元自憐深院

得回翔兩朝常在聖人前即香光感遇詩也何用別求方外去人間亦自有丹邱則其不激不隨遠禍避名之意流露言表矣此當求之筆墨之外無徒賞其書之神妙也聘之示余塞上漫識數語

廿四日晴

檢寶臣所贈南浦行記自以帋裱之臨摹較便

復再用書以高麗牋四十枚報其普洱茶醴陵笛之惠

廿五日晴

昨夜作北海軒詩十首書寄琴生

擬繪從敘仲左邱明賈生司馬子長張京兆諸葛武侯蘇文忠

為大賢圖高山仰止景行行止他非所及矣

廿六日晴

晚得琴生報章甚稱余詩及書之佳書殊不佳詩則狂奴故態稍前耳是日子蕺來談不甚暢

廿七日晴

廿八日晴

天氣甚暄和過子蕺談管注頗合連日校管書攷證地理殊費心力也

春秋郭公傳疑久矣公羊赤歸于曹郭公傳赤者何曹無赤者蓋郭公

也郭公者何失地之君也穀梁傳亦蓋郭公也何為名也禮諸侯無外歸
之義外歸非正也杜預注左以為經之蓋闕誤余疑此經在莊二十四年之冬
而二十六年左傳秋虢人侵晉冬虢人又侵晉是郭公即虢公下奪侵晉二字
耳左傳本是二十四年寫者因二十七年有晉侯將伐虢士蔿諫之一傳遂
舉此傳附于士蔿城絳深宮之後蓋陸氏脫之傳又錯簡致此大錯
耳公羊虢皆作郭春秋書此為後虞師晉師滅下陽僖二年晉人執虞公
張本公羊穀梁曲為之說知非左氏親見聖人者亡矣

廿九日晴

三十日陰

黃氏日抄以語簡文以莊周內論爲第一篇中亦擕山谷文集閲甚

是日欲作一文不成裹裒階下久之飲酒亦不甚醺

十一月初一日晴

子嶷及張令鍾至晚龍松琴來辭行

初二日陰

初三日晴

過子嶷　晚琴生至留飲甚歡談至鐘漏九下而去

韵會窜字下引論語注何休云窜猶治也　鄭公注久佚僅見北堂書鈔不知此何所據

初四日晴

琴生饞敦陞居余舊居也往談午飯後肆琴公赴懷安肆如有所失遂至子峨處略談枯坐無聊剪燈讀韵意興索然

初五日晴

初六日晴

寄合肥書得安圃書

初七日晴

復安圃書得合肥書

初八日微雪

復自都借三百金為卒歲資是日到塞私蓄盡矣讀東坡詩箋載

貧天所賦不因遷謫始懷女〻之內不覺失笑

初九日晴

連日校說文理詩稿不暇注箋蓋心緒煩雜也

初十日晴

十一日晴 得洪翰香書

十二日晴始寒

復合肥書

十三日晴

十四日晴

石秀才來

十五日晴

石秀才去 午後君蕺來

十六日晴

十七日晴

過于小峨略談

張凱嵩卒譚序鈞調滇撫清卿得粵節

十八日晴

十九日晴

于艸堂石影

復合肥書

二十日晴

寄孝達伯潛書

廿一日晴

寄載之六弟書

廿二日晴

子峨來言十六日 上諭唐炯發雲南徐延旭趙沃發新疆張成發

臺灣

廿三日晴

再同及安姪書至即復之

午後過子峨

廿四日晴

子峨又至

郊祀志平帝元始五年大司馬王莽奏言王者父事天故爵稱天子孔子曰人之行莫大於孝孝莫大於嚴父嚴父莫大於配天。王者尊其考欲以配天。緣考之意欲尊祖推而上之遂及始祖是以周公郊祀后稷以配天宗祀文王於明堂以配上帝禮記天子祭天地及山川歲徧春秋穀梁傳以十二月下辛卜正月上辛郊。王莽引孝經漢書董仲舒傳。天令之謂命命非聖人不行質樸之謂性性非教化不成人欲之謂情情非度制不節是故王者上謹於承天意以順命也下務明教化民以成性也正法度之宜別上下之序以防欲也脩此三者而大本舉矣人受命於天固超然異於羣生入有父子兄弟之親出有君臣上下之誼會聚相遇則有耆老長幼之施粲然有文以相接驩然有恩以相愛此人之所以貴也生五穀以食之桑麻以衣之六畜以養之服牛乘馬圈豹檻虎是其得天之靈貴於物也故孔子曰天地之性人為貴明於天性知自貴於物知自貴於物然後知仁誼知仁誼然後知禮節重禮節然後安處善安處善然後樂循理樂循理然後謂之君子故孔子曰不知命

亡以為居于此之謂也阮福作孝經義疏取繁露而獨遺此殊疏文選據本九卷此非立本也

漢書匡衡傳論語孝經聖人言行之要宜究其意臣又聞聖人之自為動靜周旋奉天承親臨朝享臣物有節文以章人倫蓋欽翼祇栗事天之容也溫恭敬遜承親之容也禮正躬嚴恪臨眾之儀也嘉惠和說饗下之顏也舉錯動作物遵其儀故形為仁義動為法則孔子曰德義可尊容止可觀進退可度以臨其民是以其民畏而愛之則而象之大雅云敬慎威儀惟民之則

又大雅曰無念爾祖聿修厥德孔子著之孝經首章蓋至德之本也阮疏內亦引

廿五日晴

得合肥書　又得琴生書

廿六日晴

廿七日晴是日冬至

過子峨

廿八日晴　子峨來

廿九日晴

十二月初一日晴

初二日晴

答景祺

初三日晴

體頗不適檢詩文稿竟日

初四日晴

初五日晴

初六日晴

張令來

初七日晴

竹書紀年二卷余所藏乃平津館本洪頤煊序校之甚詳其今本與隋唐志卷之多寡及各書與今本文之同異不復贅辨要之此僞書也司馬

篡魏魏之遺臣作之言晉終為魏所滅耳故敘晉魏獨詳三代事則雜
采詩書古代及諸子史記成之太甲紀王潛出自桐殺伊尹昭王紀復設象魏
皆偶言也晉人不悟詭為古史受其紿矣澗如及王氏父子攻偽古文甚力
然皆篤信此書郝蘭皋並有竹書紀年校正阮文達以今本為依託至
古本則不之及殆以大佚不復深究耳
得樂山十一月十七日書　又得趙菁衫書
初八日晴
永副都統贈黃華官筆以饋宣守
晚得琴生書又得合肥書

初九日晴

撰易禮二卷（卦辭爻辭）（殷禮）一卷（大傳）（通禮）一卷

初十日晴

十一日晴

復合肥書

托都統贈食物與光輩

陳伯平贈百金並寄義倉織布兩記書來因誤聞余病勸養心以

十二日晴

待時推許過當余復一書云積忠重金感荷耿中丞之常平王仲通

之訓識邊民歌謡久到漢南武右公特小識耳再同致兩見塞上距
阮孝廉之來兩閱月耳佩綸初無疾也而時傳訃人悼其成痾之書
空復再同為流言所惑艱難困苦半生盡備嘗之杜門課子未始非福
何至憂傷抑鬱頓改人面以我為含任學力未深日就荒陋固不堪為
時用吳故人章琴生來守宣化戲以為舍之質大獨恨咫尺不能
一踐之民約也塞上無佳山水之峻驪風雪時行帆蔭閒得一二句不必成篇
入春煩致大同布三五端作大布之衣益以絹帽襪襪相稱
十五日晴
以織布義倉兩花致琴生琴生亦有種棉課織之意也

十四日晴

天漸返寒蓋未雪也

讀穀梁傳撿及劉申受廢疾申何一卷語太支離隨手駁之無不披靡定為穀梁起廢疾義證一卷聞近有作穀梁傳補疏故不復詳校恐妨逢管之功耳（不若申鄭以余不墨守高密且不以辭釋經也）

晚得琴生書及袁子久書子久已能作書廢疾亦起矣可喜

燈下枯坐閒甚以日來研究易理試揲蓍以卜休咎得地雷復之震六四中行獨復復之至日也有一陽來復之幾地復化而為雷則全是震象震驚百里不喪匕鬯象在春分且坤為臣道震為君象陰主相契殆有祿徵百里則符

不甚遠殆可釋戈睇來乎留之以驗後應与否

十五日晴

十六日晴

十七日晴

得再同及唐成山書

十八日晴

樂山寄舊唐書及寶賢堂帖晉祠碑半年始達復寄晉祠米數斗藕粉兩匣

子峨來談

劉向受穀梁六藝論以為顏安樂弟子齊次風公羊注疏攷以為先治公羊後授穀梁不知所本俟攷拜經日記公羊傳
經表惟引六藝論一證惠氏九經古義謂子政封事多公羊說余以漢書五行志證
之子政說或同仲舒皆公羊義也又說左氏傳似子政兼通三傳班書
謂其持穀梁義殆未深攷矣
復道著移書論脩邑志
十九日晴
東坡生日招子薇來飲以王見大所會文忠像設祀以香濤所寄海南香
反廣續六瑩酒作供紀瑩床作木頓
二十日晴

穀梁傳引古人說

桓二年　孔子曰名從主人物從中國故曰郜大鼎也

桓三年　子貢曰冕而親迎不已重乎孔子曰合二姓之好以繼萬世之後何謂已重乎　夫人姜氏至自齊

桓九年　孔子曰夫已多乎道　曹世子射姑來朝

襄廿三年　蘧伯玉曰不以道事其君者其出乎　臧孫紇出奔邾傳

哀十三年　孔子曰大矣哉夫差未能言冠而欲冠也　黃池

定元年　沈子曰正棺乎兩楹之間然後即位也

公羊傳引師說

子沈子曰君弑臣不討賊非臣也不復讎非子也葬生者之事也春秋君弑賊不討不書葬以為不繫乎臣子也 何休注子沈子后師 不但言子者辟孔子也其不冠子者他師也
隱十一年傳

魯子曰我貳者非彼然我然也 莊二十三年公會齊侯盟于扈

魯子曰蓋不以寡犯眾也 僖五年鄭伯逃歸不盟傳

魯子曰以有西宮亦知諸侯之有三宮也 十九年西宮災傳

魯子曰溫近而踐土河陽遠也 二十八年天王狩于河陽傳

閔子要絰而服事既而曰若此乎古之道不即人心退而致仕孔子蓋善之也 宣元年放胥甲父傳

子公羊子曰其諸爲其雙雙而俱至者歟

子曰我乃知之矣 此注子謂孔子 在側者曰子苟知之何以不革曰如爾所不知何春秋之信史也

其序則齊桓晉文其會則主會者爲之也其詞則丘有罪焉爾 昭十二年納北燕伯于陽傳

曰樂正子春之視疾也 昭十九年葬許悼公

孔子曰其禮與其辭足觀矣 昭二十五年齊侯唁公于野井

子沈子曰定君乎國然後即位 定元年

子北宮子曰辟伯晉而京師楚也 哀四年傳晉人執戎曼子赤歸于楚

子公羊子曰其諸以病桓歟 桓六年子同生

魯子曰請後五廟以存姑姊妹 莊三年紀季以酅入于齊

丙戌 五七

豐潤張氏澗

子沈子曰不通者蓋因而臣之也 莊十年宋人遷宿

子女子曰女音汝以春秋為春秋齊無仲孫其諸吾仲孫歟

高子曰娶乎大夫者略之也 文三年逆婦姜于齊

子司馬子曰蓋以操之為已蹙矣 齊人伐山戎 莊三十年

春秋繁露俞序篇仲尼之作春秋也上探正天端王公之位萬民之所欲下明得失起賢才以待後聖故引史記理往事正是非也王公史記十二公之閒皆衰世之事故門人惑孔子曰吾因其行事而加乎王心焉以為見之空言不如行事博深切明故子貢閔子公肩子言其切而為國家資也其為切而至於殺君亡國奔走不得保社稷其誼

以蓋是皆不明於是不覽見於春秋也故衛子夏言有國家者不可不學春秋不學春秋則無以見前後旁側之危則不知國之大柄君之重任也故或脅窮失國揜殺於位一朝至爾苟能述春秋之法致行其道豈徒除禍哉乃堯舜之德也故世子曰功及子孫光輝百世聖主之德莫美於恕故予先言春秋詳己而略人因其國而容天下大得之則以王必待之則以霸故曾子子石盛美齊侯安諸夏侯尊天子霸王之道皆本於仁仁天心故次以天心愛人之大者莫大於思患而豫防之故蔡得意於吳魯得意於齊而春秋皆不告故次以言怨人不可邇敵國不可狎攘竊之國不可使久親皆防患為

民陰患之意也不愛民之漸乃至於死生故言楚靈王晉厲公生弒於位不仁之所致也故善宋襄公不厄人不由其道而勝不如由其道而敗春秋貴之將以變習俗而成王化也故子夏言春秋重人諸譏皆本此或奢侈使人憤怨或暴虐賊害人終皆禍及身故子池言魯莊築臺丹楹刻桷晉厲之刑刻意者皆不得以壽終上奢侈刑又急皆不內恕求備於人故次以春秋緣人情赦小過而傳明之曰君子辭也孔子明得失見成敗疾時世之不仁失夫王道之體故緣人情赦小過傳又明之曰君子辭也孔子曰吾因行事加吾王心焉假其位號以正人倫因其成敗以明順逆故其所善則桓文行之而遂其所惡則亂國

符之終以敗故始言大惡殺君亡國終言赦小過是亦始於麤觕終於精微教化流行德澤大洽天下之人人有士君子之行而少過矣亦譏二名之意也 佩綸案戴宏以公羊出於子夏殆即本此然繹此篇似重曾子且以公羊所引諸說如此篇互考似閔子即指晉甲文一事子貢即指穀梁所引甕而親迎一事其五則魯子疑魯皆曾之誤文此之子池疑即子沈子之誤文 臧庸以子池為子游 公羊與孟子同者數事疑北宮子即孟子之北宮錡高子即孟子之高子然則公羊高即公明高趙岐以為曾子弟子者是也子司馬子子女子無考公肩子即弟子傳之公堅定字子中 頗疑尸子即公肩子之壞如此則公羊乃曾子一派穀梁乃公肩子一派西漢說公羊者未嘗以為出於子夏也俟再詳考

丙戌

五九

豐潤張氏澗

記有以公明高爲公羊高者譌居

書少侯校隸後攷之

二十二日晴寒

琴生遣人送年禮並時憲書一冊附王雲舫李仲彭兩書

二十三日晴祠竈

易曰井渫不食為我心惻可以汲王明並受其福王之不明豈足福哉索隱引

京房易章句言我之道可汲而用上有明王汲我道而用之天下並受其福

故曰王明並受其福也史記屈原傳

二十四日晴

作讀莊子三四兩篇王論莊子與屈原離騷足以互證四論莊周與孟子異同

二十五日晴雪

過子峨縱談

二十六日晴雪霽頓寒

紀堂連日疾篤羣醫束手

二十七日晴

作書寄都趣紀堂之兄來　戌刻紀堂下世惻然

二十八日晴

昨夜為紀翁入斂客中覩此萬感橫生

紀堂丙子舉人在都謁選秋間安圖延之來塞授讀性甚嚴正學

亦深湛時借余左傳注疏課讀之餘手不釋卷尤長於史鑑杜詩夜

分談論古今与余極契論居深有師友之樂惟向有喘證夙痾已深

十八九日偶有感冒舊恙頓發山城苦乏良醫馴至不起悲夫年

才四十有七無子以兄子為後

復寄都書傳伯棠山間殯其柩於南門外給孤寺余率二子哭

之

廿九日晴

午後子峨来談

三十日晴

是日天色甚朗

附錄祥仁赴岡年行程日記

張家口至查罕託羅海 盤腸河 六十里 五月初二

村落頗稠田禾亦茂勝壽峪關內外多多矣

查罕託羅海至布爾哈蘇台 小河二道 六十里 初三午

上大坡北行至鄂博西北行一望碧草如蔚沿途寧室穹廬別有風味令左

文襄見之又將議增郡縣矣 過小河二道

布爾哈蘇台至哈留台 小河一道 七十里 初三夕

沿途開墾已多壤土沃美村落比甘肅富庶

哈留台至鄂羅胡都克 六十里 初四

沿途上下小坡二三處間或有石　鄂羅胡都克西南水草豐茂山前後生聚富庶觀之生羨

鄂羅胡都克至奎蘇圖　七十里　初四夕

西北行越草坡

奎蘇圖至札哈蘇台　河道　六十里　端午　卯行辰止

西行一望平原

札哈蘇台至明垓　六十里　初五夕　巳初行巳正止

碧草際天淺坡上下巳正二刻駐明垓土屋數椽頗整潔大似秦晉道中行館惜由第一台至此數百里不見一株耳

明垓至察〻尔图 六十里 初六卯初行辰初止

北行而西越大坡西北行及巔有石行側坡數里餘皆綠草平鋪馬蘭如錦花香草氣爽人心目

察〻尔图至慶岱 六十里 初六巳行午正止

西北行越大坡行側坡三處有石草如麥朧青蔥可觀

慶岱至烏勒哈達 一百廿里 初七卯行辰止

西北行繞花果山仍指西北山積石巉崎野花寥落一灣溪水徧地皆馬蘭也

烏勒哈達至奈巴圖 八十里 巳行未止

西北行道有石頭巖 台站疲累

本巴圖至錫喇哈達 無里數 初八卯初辰止雨 西行多碎石

錫喇哈達至布魯圖七十里 初九寅正行卯正止

西北行越土坡微有沙積 台站疲累

布魯圖至鄂倫琥圖克六十里 巳行巳正止

西北行

鄂倫琥圖克至察罕琥圖克六十里 初十卯行辰初止

西北行 衣裘猶寒

察罕琥圖克至錫喇穆楞七十里 巳行午初止 水賴 原記塞舌賴水似是水芳之方言作水賴

西北行走戈壁極由布魯圖赴至哈達圖二十二台據土人云通謂兵戈壁

間有沙積但廣漠皆有水草非以西路戈壁僅□駝頓餘皆不毛

鍚喇穆楞至敖拉琥圖克 鹻水 一百里 十二日寅行辰止

西北行崎嶇長坡二處餘皆微草沙積

敖拉琥圖克至吉斯黃郭爾 水賴 八十里 巳正行午正止

西北行草戈壁兼沙積吉斯黃郭爾沙積坡下蒻草離離穹廬

破敝蒙古十餘人行乞聞之短氣其富厚之蕃部

吉斯黃郭爾至喜喇穆呼爾七十里 十三日卯初行卯初二刻止

西北行微草平沙穹廬黯敝

喜喇穆呼尔至呼隆布隆一百里　卯正行巳初止

西北行沙碛草地雨後戈壁乾熱改为夜行晝駐

呼隆布隆至叟吉布拉克七十里　十二日申行戌止

西北行沙阜山坡間石三四處　有神柳聖蹟

叟吉布拉克至托里布拉克七十里　戌正行亥正止

西北行崎嶇上下微草側坡亂石叢路數十里過河灘下車徒行觀鳥跡泉　聖蹟一池清泉映月清澈見底飲一勺甘洌如醴又西北至托里布拉克地多神蹤華人出慈蔭寺喇嘛送奶茶　是日行三百四十餘里

托里布拉克至圖固哩克七十里　十三日寅初行卯初止

丙戌

子初至慈蔭寺　龍神前行礼並獻哈達一方

西北行崎嶇沙草不大如髮沙軟如淳平行甚善　台站貧甚

以粟米振之

岡圓里克至默霍尔萬順一百里　辰初行申正止

西北行沙草平原沿一王龍而行在毳幕中細審形勢則東米沙

岡南亘無極始知其脈甚長詢之土人則遠通西路乃天山東沙

山之一脈耳

默霍尔萬順至霍尼齊一百廿里　十四日寅正行辰正止

西北行里數甚長與西戈壁煙墩苦水同至霍尼齊迤南查罕顯英

格尔吞齊慶下車少憩至霍尼齊飯後詣 溥恩寺拈香獻哈達

剌麻送奶茶

霍尼齊至畢勒格庫九十里 十五日寅正行卯正止

西北行沙草地前

畢勒格庫至哈濟布齊 無里數 辰行午止

西北行微草平沙 中途有撒車臣汗盟紮台貝井之塋

哈濟布齊至扎拉圖八十里 十六日寅行辰止

西北行越一小山沙漠沍灘間有榆林三五成行頗似新畺獷之峽坂小

有水一窪

札拉圖至阜布里 鹻水 無里数 辰行巳止

穹廬漸次整齊

阜布里至博羅鄂博 七十里 十七日寅行卯止

西北行徼草小坡

博羅鄂博至庫圖勒多倫 鹻水 九十里 辰行巳止

沙草河灘西北行

庫圖勒多倫至賽尔烏蘇 有台站司員駐時俗云驛傳道 如赴庫倫由此往東 七十里 巳行午止

西北行沙草小坡

賽尔烏蘇至默端 水頗 八十里 十八辰行巳止 西行

西北行花草鮮豔晴爽如秋

默端至哈比爾噶 水賴 一百廿里 午行未止

西北行沙磧參差草莽長短不暇路 十二刻行一百廿里以此計之草地車

行一日可行四五百里但人不能勝耳

哈比爾噶至希保台六十里 十九日寅行卯止

西北行徼草淺波闊有亂石平原

希保台至楪薩七十里 十九日辰行巳止 西北行徼草沙磧

楪薩至吉呼木 鹹水 八十里 廿日卯行辰止 小坂軸折

吉呼木至沙克舒爾噶 水賴 六十里 申行酉止 西北行徼草淺坡 路側有本站副參領迎候

沙克舒尔噶至察布察尔七十里 廿一日卯行辰止 西北行坡底有泉艸漸詠

察布察尔至哈沙圖九十里 巳行未止 西北行

哈沙圖至楂楞一百里 廿二日卯行辰止 西北行

楂楞至翁錦 河一道 二百廿里 巳行未止 西北行

荊棘叢生車馬行甚艱若翁錦水草甚佳羊馬亦壯買海騮馬兩

匹以備 恭進

翁錦至烏訥格特八十里 廿三日卯行巳止 西北行道如楂楞烏訥格特貼地野花

黃白青紫惜不知名衣裘猶寒以雨未霽也

哈達圖至哈拉尼敦八十里 廿四日卯行辰止 西北行過河南微草平坡又西北越側

坡西行

哈拉尼敦至葛魯厎 小河一道 七十里 廿四日巳行 午止 西行山坡草路兼有石峰如疊雲勢午正又行柁棘叢生地策騎而西

葛魯厎西面背山水草均美蒙民富庶羊馬亦多如甘肅之三關口水

少無樹 清文均另委員寄刻在此

噶魯厎至塔楚 河一道 八十里 廿五日寅行 辰止 西行沿河灘南轉進北山口岐

蓋杭愛山之東南也山勢巉峨草多水少至塔楚訪問安台委

員有受餽驢事

塔楚至胡都克烏爾圖 六十里 廿五巳行 午止 西南行過河循大坡西行又西北轉

丙戌

六七

豐潤張氏澗

下大坡

胡都克烏爾圖至沙爾噶勒珠特 河二道 一百里 廿六卯行 巳止

北行河灘石子路又西北越二草坡辰正二刻越大草坡東北如甘肅之烏

梢嶺下坡西北過河二至沙爾噶勒珠特

沙爾噶勒珠特至推 七十里 午行 未止

西北行沙石微草淺坡間有平地又越大坡推四面皆山峯巒疊

翠前臨推河後枕卧山可戰可守可耕可牧愈於哈密推河源自北

嶺距此約三台山下出巨泉三五南注於某胡克圖合少巨渟之中一名

賴克生泥淖天泉也

推至烏爾圖七十里 廿七日卯行辰巳止

北行西轉涉推河西行又西北皆坦途惟鼠穴太多辰正策騎沿山

西行沙石相間巳初至烏爾圖

烏爾圖至鄂羅蓋河二道八十里 西北行間有碎石碧草黃花爛熳入目

未正過河 午行未止

鄂羅蓋至烏塔河一道七十里 廿八卯行辰正 西北行鼠穴如織間有碎石羅列成峰

烏塔至白達拉克河一道一百里 巳行未止 西北行曠原百餘里土潤草肥未正過

河白達拉克四面皆山長百餘里寬數十里水起西北注於東南沿河微

有土脈尤美土人云曾往開墾旋奉文禁止

白達（拉）札克至札克 河一道 二百廿里 辰止 廿九寅行 西行邪正過河
札克至霍博勒車根 河一道 八十里 午止 巳行 西行微北午正過河
霍博勒車根至烏胡奔巴 河一道 八十里 辰止 卅日寅行 西北行過小河 廻寒可想 草尚微白
烏胡奔巴至鄂伯爾吉拉噶朗圖 河一道 七十里 午止 卅日巳行 西北行沿山徼一庇
至河泉吉拉噶朗圖 七十里 河一道 六月朔 寅行辰止 沿山循河西北行 地寒甚新雪
至胡吉爾圖 六十里 辰行 午止 南行轉一嶺 雪山在望 西北沙布音圖河自西北
注於東南 此爲扁山水兩大觀 水叱推河 尤旺 至達噶得勒 小河一道 八十里 午止 初二卯行
西南行過小河 松柏成林 至特穆爾圖 七十里 巳行 申止 西行過沿雪南大嶺
山而西 至錫魯克 河一道 七十里 沿山亂石 初三寅行辰止 至花碩洛圖 河二道 七十里
巳行午止 沿山西北行明日入烏

于艸堂石影